Quartett

OUVRAGES D'HEINER MÜLLER

HAMLET-MACHINE et autres pièces.
QUARTETT et autres pièces.
GERMANIA MORT À BERLIN et autres textes.
LA BATAILLE et autres textes.
CIMENT *suivi de* LA CORRECTION.
ANATOMIE TITUS FALL OF ROME, un commentaire de Shakespeare *suivi de* SHAKESPEARE UNE DIFFÉRENCE.
MANUSCRITS DE HAMLET-MACHINE, transcriptions, traductions.
MACBETH, d'après Shakespeare.
LA DÉPLACÉE.
PHILOCTÈTE.

Heiner Müller est né en 1929 à Eppendorf en Saxe. Il est mort à Berlin en décembre 1995.
Les ouvrages réunis dans ce volume, Prométhée, Vie de Gundling Frédéric de Prusse Sommeil Rêve Cri de Lessing, La Mission *et* Quartett *ont été écrits respectivement en 1967-68, 1977, 1979 et 1980.*

HEINER MÜLLER

Quartett

précédé de

La mission - Prométhée
Vie de Gundling...

LES ÉDITIONS DE MINUIT

www.leseditionsdeminuit.fr

ISBN : 978-2-7073-1993-7

La mission

Souvenir d'une révolution*

traduit de l'allemand par
Jean Jourdheuil et Heinz Schwarzinger

* Cette pièce reprend des thèmes de la nouvelle de Anna Seghers « La lumière sur le gibet ».

« La Mission » a été représentée pour la première fois en France au Théâtre des Quartiers d'Ivry, dirigé par Philippe Adrien, le 21 avril 1982, en coproduction avec la Comédie de Saint-Etienne, dirigée par Daniel Benoin.

Mise en scène : Philippe Adrien
Décor : Gérard Didier
Costumes : Françoise Luro
Musique : Lucien Rosengart
Lumière : Patrice Trottier
Assistants : Alain Duclos, Kristina Delorme

Distribution : Prosper Diss, Jean-Pol Dubois, Alain Duclos, Françoise Giret, Danièle Klein, Alain Ollivier, Pierre Saintons.

Galloudec à Antoine. J'écris cette lettre sur mon lit de mort. J'écris en mon nom et au nom du citoyen Sasportas qui a été pendu à Port-Royal. Je vous informe que nous devons nous démettre de la mission que la Convention nous avait confiée par votre intermédiaire, puisque nous n'avons pu la remplir. Peut-être d'autres feront-ils mieux. Vous n'aurez plus de nouvelles de Debuisson, il va bien. A croire que les traîtres sont prospères quand les peuples pataugent dans le sang. Le monde est ainsi fait et ce n'est pas bien ainsi. Excusez mon écriture, ils m'ont amputé d'une jambe et j'écris dans la fièvre. J'espère que cette lettre vous trouvera en bonne santé et je vous prie d'agréer l'expression de mon salut républicain.

Marin. Antoine. Femme.

MARIN : Etes-vous le citoyen Antoine. Alors voici une lettre pour vous. D'un certain Galloudec. Ce n'est pas ma faute si la lettre est déjà vieille et peut-être est-ce une affaire réglée. Les Espagnols nous ont retenus à Cuba, puis les Anglais à Trinidad, jusqu'à ce que votre consul Bonaparte fasse la paix avec l'Angleterre. Puis ils m'ont dévalisé dans une rue de Londres, parce que j'étais saoul, mais sans trouver la lettre. Quant à ce Galloudec : il ne vieillira plus. Il a crevé dans un hôpital à Cuba, mi-prison mi-hôpital. Il y était avec la grangrène, moi avec la fièvre. PRENDS CETTE LETTRE

IL FAUT QU'ELLE ARRIVE ET SI C'EST LA DERNIÈRE CHOSE QUE TU FAIS FAIS-LE POUR MOI furent ses dernières paroles. Ainsi que l'adresse d'un bureau et votre nom, si c'est vous Antoine. Mais il n'y a plus de bureau, et personne ne sait rien de vous, là où était le bureau, si c'est votre nom Antoine. Quelqu'un qui habite une cave derrière les échafaudages m'a indiqué une école où un certain Antoine aurait été instituteur. Mais là non plus personne ne savait rien. Puis une femme de ménage m'a dit que son neveu nous avait vu par ici. Il est charretier. Et il vous a décrit, si c'est bien vous.

ANTOINE : Je ne connais pas de Galloudec.

MARIN : J'ignore ce que cette lettre avait de si important pour lui. Quelque chose à voir avec une mission. Dont il doit se démettre pour que d'autres continuent sa tâche. Quant à savoir ce qu'était cette tâche. A la fin il ne parlait que de cela. Sauf quand il a hurlé, et c'était de douleur. Elle venait par vagues. Et ça a duré longtemps jusqu'à ce qu'il ait fini de mourir. Le docteur disait, son cœur est trop solide, il devrait être mort dix fois. Parfois l'homme ne supporte pas assez, parfois trop. La vie est une cochonnerie. L'autre dont il parle dans sa lettre, un nègre, a eu une mort plus rapide. Il m'a lu la lettre, Galloudec, pour que je la sache par cœur au cas où elle se perdrait. Et si vous ne le connaissez toujours pas, je vais vous raconter ce qu'ils lui ont fait et comment il est mort, vous n'y étiez pas. Ils lui ont coupé une jambe, d'abord jusqu'au genou, puis le reste. C'était la gauche. Puis

ANTOINE : Je n'ai connaissance d'aucune mission. Je ne donne pas de missions, je ne suis pas un notable. Je gagne ma vie en donnant des leçons particulières. Ce n'est pas grand chose. Et des massacres j'en ai vu assez. L'anatomie de l'homme, je connais. Galloudec.

Femme avec vin, pain, fromage.

FEMME : Tu as de la visite. J'ai vendu une médaille. Celle pour la Vendée, quand vous avez massacré les paysans pour la république.

MARIN : A ce que je vois, vous ne manquez de rien. A la différence de ce Galloudec, que vous ne connaissez pas et qui est mort comme une pierre. L'autre s'appelait Sasportas. Ils l'ont pendu à Port-Royal, si vous voulez le savoir, pour cette mission à la Jamaïque, dont vous ne savez rien. Le gibet est sur un rocher. Quand ils sont morts on tranche la corde et ils tombent à la mer. Les requins se chargent du reste. Merci pour le vin.

ANTOINE : Sasportas. Je suis cet Antoine que tu cherches. Il faut que je sois prudent, la France n'est plus une république, notre consul est devenu empereur et conquiert la Russie. On parle plus facilement d'une révolution perdue quand on a la bouche pleine. Le sang, coagulé en médailles de fer-blanc. Les paysans n'avaient pas d'autre solution, non. Et peut-être avaient-ils raison, non. Le commerce est florissant. Quant à ceux de Haïti, nous leur donnons à présent leur terre à bouffer. C'était la république des nègres. La liberté conduit le peuple sur les barricades, et quand les morts se réveillent elle porte un uniforme. Je vais te confier un secret : elle aussi n'est qu'une putain. Et je peux même en rire. Hahaha. Mais ici quelque chose est vide, qui était vivant. J'y étais, quand le peuple a pris la Bastille. J'y étais, quand la tête du dernier des Bourbons est tombée dans la corbeille. Nous avons moissonné les têtes des aristocrates. Nous avons moissonné les têtes des traîtres.

FEMME : Belle moisson. Es-tu de nouveau saoul, Antoine.

ANTOINE : Elle n'aime pas que je parle de ma grande époque. La Gironde a tremblé devant moi. Regarde-la, ma France. Les seins desséchés. Entre les cuisses le désert. Un bateau mort dans le ressac du nouveau siècle. Tu vois comme elle déglutit. La France a besoin d'un bain de sang, et le jour viendra.

Antoine se verse du vin rouge sur la tête.

MARIN : Je n'y comprends rien. Je suis marin, je ne crois pas à la politique. Le monde est partout différent. Voici la lettre. *Sort.*

ANTOINE *crie* : Sois prudent, marin, en sortant de chez moi. Les policiers de notre ministre Fouché ne te demanderont pas si tu crois à la politique. — Galloudec. Sasportas. Où est ta jambe, Galloudec. Pourquoi ta langue pend-elle hors de ta bouche, Sasportas. Que me voulez-vous. Suis-je responsable de ton moignon. Et de ta corde. Dois-je me couper une jambe. Veux-tu que je me pende à côté de toi. Demande ta jambe à ton empereur, Galloudec. Tire la langue à ton empereur, Sasportas. Il est victorieux en Russie, je peux vous montrer le chemin. Que me voulez-vous. Partez. Allez-vous-en. Disparaissez. Femme, dis-leur. Disleur qu'il faut qu'ils partent, je ne veux plus les voir. Vous êtes encore là. Ta lettre est arrivée, Galloudec. La voici. En tout cas, pour vous tout cela est fini. VIVE LA RÉPUBLIQUE. *Rit.* Vous pensez que je vais bien, non. Vous avez faim. Tenez. *Jette de la nourriture sur les morts.*

FEMME : Viens au lit, Antoine.

ANTOINE : C'EST L'ASCENSION POUR PAS CHER.
TANT QU'IL TIENT DANS LE GRILLAGE DE LA [POITRINE
LE CŒUR LE CHIEN

L'ange du désespoir entre pendant l'accouplement.

ANTOINE *voix* : Qui es-tu.

FEMME *voix* : Je suis l'ange du désespoir. De mes mains je distribue l'ivresse, la stupeur, l'oubli, jouissance et tourment des corps. Mon discours est le silence, mon chant le cri. A l'ombre de mes ailes habite la terreur. Mon espoir est le dernier souffle. Mon espoir est la première bataille. Je suis le couteau avec lequel le mort force son cercueil. Je suis celui qui sera. Mon envol est le soulèvement, mon ciel l'abîme de demain.

Nous étions arrivés à la Jamaïque, trois émissaires de la Convention, nos noms Debuisson, Galloudec, Sasportas, notre mission le soulèvement des esclaves contre le règne de la couronne d'Angleterre au nom de la république de France. Qui est la mère patrie de la révolution, la terreur des trônes, l'espoir des pauvres. Où tous les hommes sont égaux sous le couperet de la justice. Qui manque de pain pour la famine de ses faubourgs mais non de mains pour porter dans tous les pays la torche de la liberté égalité fraternité. Nous étions sur le port. Au milieu de la place était installée une cage. Nous entendîmes le vent de la mer, le bruissement rauque des feuilles de palmiers, le crissement des palmes avec lesquelles les négresses balayaient la poussière de la place, les gémissements de l'esclave dans la cage, le ressac. Nous vîmes les seins des négresses, le corps strié ensanglanté de l'esclave dans la cage, le palais du gouverneur. Et nous dîmes : voici la Jamaïque, honte des Antilles, vaisseau négrier dans la mer des Caraïbes.

SASPORTAS : Jusqu'à ce que nous ayons accompli notre tâche.

GALLOUDEC : Tu peux commencer tout de suite. N'es-tu pas venu pour libérer les esclaves. Ce qui est dans la cage, c'est un esclave. Demain c'est ce qu'il aura été si on ne le libère pas aujourd'hui.

DEBUISSON : Ils les exposent dans les cages quand ils ont tenté de s'échapper ou pour d'autres crimes, pour l'exemple, jusqu'à ce que le soleil les dessèche. C'était déjà comme ça quand j'ai quitté la Jamaïque, il y a dix ans. Ne regarde pas, Sasportas, un seul nous ne pouvons rien pour lui.

GALLOUDEC : Toujours c'est un seul qui meurt. Et on compte les morts.

DEBUISSON : La mort est le masque de la révolution. Tous ou personne.

SASPORTAS : Quand je partirai d'ici, d'autres seront

dans les cages, à peau blanche jusqu'à ce que le soleil la noircisse. Beaucoup alors s'en trouveront mieux.

GALLOUDEC : Peut-être devrait-on installer une guillotine. C'est plus propre. Rien ne récure mieux que la veuve rouge.

DEBUISSON : La bien-aimée des faubourgs.

SASPORTAS : Je maintiens qu'une cage est une bonne chose, quand le soleil est assez haut, pour une peau blanche.

GALLOUDEC : Nous ne sommes pas ici pour nous reprocher l'un à l'autre la couleur de notre peau, citoyen Sasportas.

SASPORTAS : Nous ne serons pas égaux tant que nous ne nous serons pas enlevé la peau l'un à l'autre.

DEBUISSON : C'était un mauvais début. Mettons nos masques. Je suis celui que j'étais : Debuisson, fils de propriétaires esclavagistes de la Jamaïque, héritier d'une plantation avec quatre cents esclaves. Revenu au bercail pour prendre possession de son héritage, de retour du ciel sombre de l'Europe obscurci par la fumée des incendies et les vapeurs de sang de la nouvelle philosophie, dans l'air pur des Caraïbes après que les horreurs de la révolution lui aient ouvert les yeux sur cette vérité éternelle : en tout l'ancien est préférable au nouveau. D'ailleurs je suis médecin, sauveur de l'humanité sans acception de personne, maîtres ou esclaves. Je guéris l'un pour l'autre, afin que tout reste en l'état, tant que ça dure, mon visage le visage rose du propriétaire esclavagiste qui n'a rien à craindre en ce monde hormis la mort.

SASPORTAS : Et ses esclaves. La mort est le masque de la révolution.

DEBUISSON : La révolution est le masque de la mort. Qui es-tu, Galloudec.

GALLOUDEC : Un paysan de Bretagne qui a appris à haïr la révolution dans la pluie de sang de la guillotine, je l'aurais voulue cette pluie plus abondante, et pas seulement en France, fidèle serviteur de Monsieur Debuisson, et je crois en l'ordre sacré de la monarchie et de l'église. J'espère que je n'aurai pas à réciter ça trop souvent.

DEBUISSON : Deux fois tu es sorti de ton rôle, Galloudec. Qui es-tu.

GALLOUDEC : Un paysan de Bretagne qui a appris à haïr la révolution dans la pluie de sang de la guillotine. Fidèle serviteur de Monsieur Debuisson. Je crois en l'ordre sacré de la monarchie et de l'église.

SASPORTAS *parodie* : Je crois en l'ordre sacré de la monarchie et de l'église. Je crois en l'ordre sacré de la monarchie et de l'église.

DEBUISSON : Sasportas. Ton masque.

GALLOUDEC : Cela ne devrait pas être difficile pour toi de faire l'esclave, Sasportas, dans ta peau noire.

SASPORTAS : Fuyant la révolution noire victorieuse à Haïti je me suis attaché à Monsieur Debuisson, puisque Dieu m'a créé pour l'esclavage. Je suis son esclave. Cela suffit-il.

Galloudec applaudit.

SASPORTAS : La prochaine fois je te répondrai à coups de couteau, citoyen Galloudec.

GALLOUDEC : Je sais que tu joues le rôle le plus

difficile, Sasportas. Un rôle sur mesure, c'est écrit sur ton corps.

SASPORTAS : Avec les fouets qui, dans nos mains, écriront un nouvel alphabet sur d'autres corps.

DEBUISSON : Révolution victorieuse, ne va pas. On ne dit pas cela devant des maîtres. Révolution noire ne va pas non plus. Des noirs font une émeute, tout au plus, pas une révolution.

SASPORTAS : La révolution n'a-t-elle pas triomphé à Haïti. La révolution noire.

DEBUISSON : C'est la racaille qui a triomphé. A Haïti règne la racaille.

Sasportas crache.

DEBUISSON : Tu craches du mauvais côté : je suis ton maître. Dis-le maintenant.

SASPORTAS : Fuyant la racaille qui a fait de Haïti un cloaque.

GALLOUDEC : Cloaque, c'est bien. Tu apprends vite, Sasportas.

DEBUISSON : Otes tes mains de tes yeux et observe la chair qui meurt dans cette cage. Toi aussi, Galloudec. C'est ta chair, la tienne et la mienne. Son gémissement est la Marseillaise des corps sur lesquels se bâtit le nouveau monde. Apprenez cette musique. Nous l'entendrons encore longtemps, de gré ou de force, c'est la musique de la révolution, de notre tâche. Beaucoup mourront dans cette cage avant que notre tâche soit accomplie. Beaucoup mourront dans cette cage parce que nous accomplissons notre tâche. Voilà ce que notre tâche accomplit pour nos semblables, peut-être seulement cela. Notre place sera dans cette cage, si nos masques se déchirent avant l'heure. La révolution est le masque de la mort. La mort est le masque de la révolution.

Entre un nègre gigantesque

DEBUISSON : C'est le plus vieil esclave de ma famille. Il est sourd et muet, quelque chose entre l'homme et le chien. Il va cracher dans la cage. Peut-être devrais-tu en faire autant, Sasportas, afin que tu apprennes à haïr ta peau noire pour le jour où nous en aurons besoin. Puis il baisera mes souliers, voyez, il se lèche déjà les babines, et me portera sur son dos, moi son ancien et nouveau maître, jusqu'à la maison de mes aïeux, grognant de félicité. La famille ouvre ses flancs, demain commence notre tâche.

Le nègre gigantesque crache dans la cage, dévisage Sasportas, s'incline devant Galloudec, baise les souliers de Debuisson, l'emporte sur son dos. Galloudec et Sasportas suivent l'un derrière l'autre.

LA RÉVOLUTION EST LE MASQUE DE LA MORT LA MORT EST LE MASQUE DE LA RÉVOLUTION LA RÉVOLUTION EST LE MASQUE DE LA MORT LA MORT EST LE MASQUE DE LA RÉVOLUTION LA RÉVOLUTION EST LE MASQUE DE LA MORT LA MORT EST LE MASQUE DE LA RÉVOLUTION LA RÉVOLUTION EST LE MASQUE DE LA MORT LA MORT EST LE MASQUE DE LA RÉVOLUTION LA RÉVOLUTION EST LE MASQUE DE LA MORT LA MORT EST LE MASQUE DE LA RÉVOLUTION LA RÉVOLUTION EST LE MASQUE DE LA MORT LA MORT EST LE MASQUE DE LA RÉVOLUTION LA RÉVOLUTION EST LE MASQUE DE LA MORT LA MORT EST LE MASQUE

Retour du fils prodigue. Père et mère dans l'armoire ouverte. Sur un trône PremierAmour. Debuisson, Galloudec, Sasportas dévêtus et costumés par des esclaves : Debuisson en propriétaire esclavagiste, Galloudec en surveillant avec fouet, Sasportas en esclave.

PREMIERAMOUR : Petit Victor a joué à la révolution. Le voici de retour au bercail. Chez papa au crâne rongé par les vers. Chez maman et sa senteur de fleurs en décomposition. Tu t'es fait mal, petit Victor. Approche et montre tes blessures. Tu ne me connais plus. N'aie pas peur, petit Victor. Pas de moi. Pas de ton premier amour. Que tu as trompé avec la révolution, ton second tout barbouillé de sang. Avec lequel tu t'es roulé dans le caniveau dix années durant, rivalisant avec la plèbe. Ou à la morgue où elle compte son butin. Je sens son parfum de fumier. Des larmes, petit Victor. Tu l'as donc tant aimée. Ah Debuisson. Je te l'avais dit, c'est une putain. Le serpent au sexe buveur de sang. L'esclavage est une loi naturelle, vieille comme l'humanité. Pourquoi veux-tu qu'il cesse avant elle. Regarde mes esclaves, et les tiens, notre propriété. Toute leur vie ils ont été des animaux. Pourquoi seraient-ils des êtres humains, parce qu'en France c'est écrit sur un papier. A peine lisible par tant de sang, plus encore que celui qui a coulé ici pour l'esclavage dans ta et ma belle Jamaïque. Je vais te raconter une histoire : à la Barbade, un planteur a été tué deux mois après l'abolition de l'esclavage. Ses anciens esclaves sont venus. Ils allaient à genoux comme à l'église. Et sais-tu ce qu'ils voulaient. Revenir dans le giron de l'esclavage. Voilà ce qu'est l'homme : sa première patrie c'est sa mère, une prison. *Des esclaves lèvent les jupes de la mère dans l'armoire, les lui rabattent par-dessus la tête.* La voici grande ouverte la patrie, le voici béant le bercail. Un seul mot, si tu veux y retourner, et elle te refourre dedans, l'idiote, la mère éternelle. Le pauvre homme à la Barbade a été plus malchanceux. Ses ci-devant esclaves l'ont tué à coups de gourdins, comme un chien enragé, parce qu'il ne les a pas repris et ramené du froid printemps de la liberté sous le fouet adoré. Cette histoire te plaît-elle, citoyen Debuisson. La liberté a sa demeure sur le dos des esclaves, l'égalité sous le couperet. Veux-tu être mon esclave, petit Victor. M'aimes-tu. Voici les lèvres qui t'ont embrassé. *Une esclave lui peint une grande bouche.* Elles se souviennent de ta peau, Victor Debuisson. Voici les seins qui t'ont réchauffé, petit Victor. *L'esclave lui maquille les mamelons, etc.* Ils n'ont pas oublié ta bouche ni tes mains. Voici la peau qui a bu ta sueur. Voici les flancs qui ont recueilli ta semence qui consume mon cœur. *L'esclave lui peint un cœur bleu.* Vois-tu la flamme bleue. Sais-tu comment on attrape à Cuba les esclaves fugitifs. On leur donne la chasse avec des chiens. Et c'est comme ça que je veux reprendre, citoyen Debuisson, ce que ta putain la révolution m'a volé, ma propriété. *Des esclaves-chiens, avec Galloudec et son fouet et le fantôme du père leur criant d'attaquer, donnent la chasse à Debuisson.* Avec les dents de mes chiens je veux arracher de ta chair souillée la trace de mes larmes, ma sueur, mes cris de plaisir. Avec les lames de leurs griffes tailler dans ta peau ma robe de mariée. Ton haleine, qui a le goût des cadavres des rois, la traduire dans la langue du tourment qui est l'apanage des esclaves. Je veux manger ton sexe et engendrer un tigre qui dévore le temps dont les horloges battent mon cœur vide traversé par les pluies des tropiques. *Une esclave la coiffe d'un masque de tigre.* HIER J'AI COMMENCÉ / A TE TUER MON CŒUR / A PRÉSENT J'AIME / TON CADAVRE / QUAND JE SERAI MORTE / MA POUSSIÈRE TE RÉCLAMERA A GRANDS CRIS. Je vais te faire cadeau de cette chienne, petit Victor, afin que tu l'emplisses de ta semence corrompue. Mais auparavant je vais la faire fouetter, afin que vos sangs se mêlent. M'aimes-tu, Debuisson. Il ne faut pas laisser seule une femme.

Des esclaves ôtent à Galloudec le fouet, ferment l'armoire, démaquillent PremierAmour, installent Debuisson sur le trône, PremierAmour sert de repose-pied, accoutrent Galloudec et Sasportas en Danton et Robespierre. Le théâtre de la révolution est ouvert. Pendant que les deux acteurs et le public vont à leurs places, on entend le dialogue des parents dans l'armoire.

PÈRE : C'est la résurrection de la chair. Le vers ronge éternellement et le feu ne s'éteint jamais. MÈRE : Encore en train de forniquer. Crac, boum, voilà, mon cœur est brisé. Voyez-vous. PÈRE : Je te les offre, mon fils. Je te les offre toutes les deux, noire et ou blanche. MÈRE : Retirez-moi ce couteau du ventre. Putains peinturlurées. PÈRE : A genoux, canaille, et demande la bénédiction de ta maman. MÈRE : LA-HAUT SUR LA MONTAGNE / SOUFFLE LE VENT / ET MARIE ÉGORGE / LE DIVIN ENFANT. Retournons au Groenland. Venez mes enfants. Là-bas le soleil réchauffe chaque jour. PÈRE : Bouclez-lui le bec à cette idiote.

SASPORTASROBESPIERRE : Va à ta place, Danton, au pilori de l'histoire. Voyez le pique-assiette, qui bouffe le pain des affamés. Le débauché, qui déshonore les filles du peuple. Le traître, qui fait le dégoûté devant l'odeur du sang dans lequel la révolution lave le corps de la nouvelle société. Veux-tu que je te dise pourquoi tu ne peux plus voir le sang, Danton. Disais-tu révolution. Faire main basse sur le pot-au-feu, voilà ce qu'était ta révolution. L'entrée gratuite au bordel. C'est pour cela que tu t'es pavané à la tribune sous les applaudissements de la plèbe. Le lion qui lèche les bottes de l'aristocratie. Te plaît-elle la salive des Bourbons. As-tu bien chaud dans le cul de la monarchie. Tu disais audace. Vas-y, secoue ta crinière poudrée. Tu ne railleras la vertu que jusqu'à ce que ta tête tombe sous le couperet de la justice. Tu ne peux pas dire que je ne t'ai pas prévenu, Danton. A présent la guillotine va te parler, la sublime invention de l'ère nouvelle qui passera sur toi comme sur tous les traîtres. Tu comprendras son langage, tu l'as toi-même si bien parlé en septembre. *Des esclaves font tomber la tête-de-Danton des épaules de Galloudec, se la lancent. Galloudec parvient à l'attraper, la serre sous son bras.* Pourquoi ne serres-tu pas ta belle tête entre tes jambes, Danton, là où se trouve le siège de ton intelligence parmi les poux de ta débauche et les bubons de ton vice.

Sasportas fait sauter la tête-de-Danton de dessous le bras de Galloudec. Galloudec rampe jusqu'à la tête, la remet.

GALLOUDECDANTON : A moi, maintenant. Voyez le singe à la mâchoire brisée. Le buveur de sang qui ne peut pas la fermer. Ton sermon sur la vertu te reste-t-il en travers de la gueule, Incorruptible. Voici la patrie reconnaissante : le poing d'un gendarme. *Des esclaves arrachent à Sasportas le bandage de la tête-de-Robespierre, la mâchoire tombe. Pendant que Sasportas cherche bandage et mâchoire.* As-tu laissé tomber quelque chose. As-tu perdu quelque chose. La propriété, c'est le vol. Sens-tu le vent dans ta gorge. C'est la liberté. *Sasportas a retrouvé bandage et mâchoire et réassemble la tête-de-Robespierre.* Prends garde que le grand amour du peuple ne te la fasse pas perdre complètement, ta tête de roublard. Disais-tu révolution. Le couperet de la justice, n'est-ce pas. La guillotine ne fabrique pas de pain. Economie, Horatio, économie. *Des esclaves font tomber la tête-de-Robespierre des épaules de Sasportas et s'en servent comme ballon de foot.* C'est l'égalité VIVE LA RÉPUBLIQUE. Ne te l'avais-je pas dit : le suivant c'est toi. *Se mêle à la partie de football des esclaves.* C'est la fraternité. *SasportasRobespierre pousse des hurlements.* Qu'as-tu contre le football. Entre nous : veux-tu que je te dise pourquoi tu t'es entiché de ma belle tête. Je parie que si tu baisses ton pantalon ça fait de la poussière. Mesdames et messieurs. Le théâtre de la révolution est ouvert. Attraction : l'homme sans bas-ventre. Maximilien le Grand. Max-la-vertu. Celui qui pète dans son fauteuil. La branlette d'Arras. Robespierre le sanguinaire.

SASPORTASROBESPIERRE *remet sa tête* : Mon nom est écrit dans le Panthéon de l'histoire.

GALLOUDECDANTON :

UN PETIT HOMME EST DANS LA FORÊT
SILENCIEUX MUET
DE COULEUR POURPRE
EST SON MANTELET

SASPORTASROBESPIERRE : Parasite syphilitique valet de l'aristocratie.

GALLOUDECDANTON : Faux jeton eunuque laquais de Wallstreet.

SASPORTASROBESPIERRE : Porc.

GALLOUDECDANTON : Hyène.

Se font tomber mutuellement la tête. Debuisson applaudit. Des esclaves l'arrachent du trône, y déposent Sasportas, Galloudec sert de repose-pied. Couronnement de Sasportas.

SASPORTAS : Le théâtre de la révolution blanche est terminé. Nous te condamnons à mort, Victor Debuisson. Parce que ta peau est blanche. Parce que tes pensées sont blanches sous ta peau blanche. Parce que tes yeux ont vu la beauté de nos sœurs. Parce que tes mains ont touché la nudité de nos sœurs. Parce que tes pensées ont mangé leurs seins leurs corps leurs sexes. Parce que tu es un propriétaire, un maître. C'est pourquoi nous te condamnons à mort, Victor Debuisson. Que les serpents bouffent ta merde, les crocodiles ton cul, les piranhas tes couilles. *Debuisson crie.* Le malheur avec vous c'est que vous ne savez pas mourir. C'est pourquoi vous tuez tout autour de vous. Pour vos ordonnances mortes où l'ivresse n'a pas de place. Pour vos révolutions sans sexe. Aimes-tu cette femme. Nous la prenons pour que tu meures plus facilement. Qui ne possède pas meurt plus facilement. Qu'est-ce qui t'appartient encore. Parle vite, notre école c'est le temps, il ne revient pas, et pas un souffle pour la didactique, qui n'apprend pas meurt aussi. Ta peau. Qui en as-tu dépouillé. Ta chair notre faim. Ton sang vide nos veines. Tes pensées, n'est-ce pas. Qui sue pour vos philosophies. Même ton urine et ta merde sont exploitation et esclavage. Sans parler de ta semence : cette distillation de cadavres. A présent, plus rien ne t'appartient. A présent, tu n'es rien. A présent, tu peux mourir. Enterrez-le.

Je suis entouré d'hommes qui me sont inconnus dans un vieil ascenseur dont la cage brinqueballe pendant la montée. Je suis habillé comme un employé ou comme un ouvrier un jour férié. J'ai même mis une cravate, le col me gratte le cou, je transpire. Quand je tourne la tête, le col me serre le cou. J'ai rendez-vous avec le chef (en pensée je l'appelle Numéro Un), son bureau est au quatrième étage, ou bien était-ce le vingtième ; à peine j'y pense, je n'en suis déjà plus sûr. L'annonce de mon rendez-vous avec le chef (qu'en pensée j'appelle Numéro Un) m'est parvenue au sous-sol, une aire très vaste avec des abris en béton et des panneaux indicateurs en cas de bombardement. Je suppose qu'il s'agit d'une mission qui doit m'être confiée. Je vérifie la position de ma cravate et resserre le nœud. J'aimerais avoir un miroir pour vérifier la position de ma cravate. Inconcevable de demander à un étranger comment est ton nœud de cravate. Les cravates des autres hommes dans l'ascenseur sont impeccables. Quelques-uns d'entre eux semblent se connaître. Ils parlent à voix basse de quelque chose à quoi je ne comprends rien. Toujours est-il que leur conversation a dû me distraire : à l'arrêt suivant je lis avec effroi sur le tableau au-dessus de la porte de l'ascenseur le chiffre huit. Je suis monté trop haut, à moins que j'aie encore plus de la moitié du trajet à parcourir. Le facteur temps est décisif. ÊTRE LA CINQ MINUTES AVANT L'HEURE / VOILA LA VRAIE PONCTUALITÉ. Quand j'ai regardé mon bracelet-montre la dernière fois, il indiquait dix heures. Je me souviens de mon sentiment de soulagement : encore quinze minutes jusqu'à mon rendez-vous avec le chef. Au regard suivant il y avait seulement cinq minutes de plus. Quant à présent, entre le huitième et le neuvième étage, je regarde à nouveau ma montre, elle indique exactement dix heures quatorze minutes et quarante-cinq secondes : plus question de vraie ponctualité, le temps ne travaille plus pour moi. Je fais rapidement le point de ma situation : je peux sortir au prochain arrêt et dégringoler l'escalier quatre à quatre jusqu'au quatrième étage. Si ce n'est pas le bon cela signifie bien sûr une perte de temps peut-être irrattrapable. Je peux aussi monter jusqu'au vingtième étage et, si le bureau du chef ne s'y trouve pas, redescendre au quatrième étage, à condition que l'ascenseur ne tombe pas en panne, ou bien dégringoler l'escalier (quatre à quatre), au risque de me casser une jambe ou le cou justement parce que je suis pressé. Je me vois déjà étendu sur une civière qu'à ma demande on porterait dans le bureau du chef et déposerait devant lui, toujours désireux de servir mais désormais inapte. Pour le moment tout se ramène à cette question à priori sans réponse du fait de ma négligence, à quel étage le chef (qu'en pensée j'appelle Numéro Un) m'attend-il avec une mission importante. (Ce doit être une mission importante, sinon pourquoi ne pas me la faire transmettre par un subordonné). Un bref regard sur ma montre m'apprend de manière irréfutable qu'il est depuis longtemps trop tard même pour la simple ponctualité, bien que notre ascenseur, à ce que révèle un deuxième regard, n'ait pas encore atteint le douzième étage : l'aiguille des heures est sur dix, l'aiguille des minutes sur cinquante, il y a belle lurette que les secondes n'ont plus la moindre importance. Il semble que quelque chose soit détraqué dans ma montre, mais même pour vérifier l'heure il n'y a plus le temps : je me retrouve seul dans l'ascenseur sans avoir remarqué où et quand les autres messieurs sont sortis. Avec un frisson d'horreur, qui me saisit à la racine des cheveux, je vois les aiguilles de ma montre, dont je ne peux plus détacher le regard, tourner sur le cadran de plus en plus vite, si bien qu'entre battement de paupières et battement de paupières toujours plus d'heures s'écoulent. Il m'apparaît que depuis longtemps déjà quelque chose est détraqué : dans ma montre, dans cet ascenseur, dans le temps. Je m'abandonne à des spéculations échevelées : la pesanteur diminue, une perturbation, une sorte de bégaiement de la rotation terrestre, comme une crampe dans le mollet au football. Je regrette de savoir trop peu de physique et de ne pouvoir résoudre en une formule scientifique la contradiction criante entre la vitesse de l'ascenseur et l'écoulement du temps qu'indique ma montre. Pourquoi n'ai-je pas écouté à l'école. Pourquoi ai-je lu les mauvais livres : poésie au lieu de physique. Le temps est sorti de ses gonds et quelque part au quatrième ou au vingtième étage (ce OU traverse comme un couteau mon cerveau négligent) dans une pièce probablement vaste au sol recouvert d'un tapis épais derrière son bureau, probablement adossé à l'étroit mur du fond face à l'entrée, le chef (qu'en pensée j'appelle Numéro Un) m'attend avec ma mission, moi le défaillant. Peut-être le monde est-il en train de se disloquer et ma mission, à ce point importante que le chef tenait à me la confier en personne, peut-être est-elle devenue caduque du fait de ma négligence, SANS OBJET dans la langue des administrations que j'ai si bien appris (science superflue !), A CLASSER AU DOSSIER que personne ne consultera plus parce qu'elle concernait précisément les dernières mesures possibles pour prévenir la fin du monde dont je vis actuellement le commencement prisonnier de cet ascenseur devenu fou avec mon bracelet-montre devenu fou. Rêve désespéré dans le rêve : j'ai la faculté, en me recroquevillant de transformer mon corps en un projectile qui, traversant le plafond de l'ascenseur, dépasse le temps. Réveil froid dans l'ascenseur lent, regard sur la montre enragée. J'imagine le désespoir de Numéro Un. Son suicide. Sa tête, dont le portrait orne tous les locaux administratifs, sur son bureau. D'un trou aux bords noirâtres à la tempe (probablement la droite), un filet de sang. Je n'ai pas entendu de coup de feu, mais cela ne prouve rien, les murs de son bureau sont évidemment insonorisés, lors de la construction on a tenu compte des impondérables et ce qui se passe dans le bureau du chef ne regarde pas la population, le pouvoir est solitaire. Je quitte l'ascenseur à l'arrêt suivant et me retrouve sans mission, la cravate désormais inutile toujours ridiculement nouée sous mon menton, dans la rue d'un village au Pérou. Boue sèche avec des ornières. Des deux côtés de la route une plaine aride, avec de rares touffes d'herbe et des taches de broussaille grise, s'accroche indistinctement à l'horizon au-dessus duquel une montagne flotte dans un bain de vapeur. A gauche de la rue un baraquement, il a l'air abandonné, les fenêtres : des trous noirs avec des restes de vitres. Deux gigantesques indigènes se tiennent devant un panneau d'affichage couvert de publicités pour des produits d'une civilisation étrangère. De leur dos émane une menace. Je me demande si je dois faire demi-tour, on ne m'a pas encore vu. Jamais je n'aurais pensé pendant ma montée désespérée chez le chef que je pourrais avoir la nostalgie de l'ascenseur qui était ma prison. Comment expliquer ma présence dans ce no man's land. Je n'ai pas de parachute à exhiber, ni avion ni épave de voiture. Devant et derrière moi la route, flanquée de la plaine qui s'accroche à l'horizon. Qui pourrait croire que je suis venu au Pérou dans un ascenseur. Comment serait-il possible de se comprendre, je ne connais pas la langue de ce pays, je pourrais aussi bien être sourd-muet. Mieux vaudrait que je sois sourd-muet : peut-être la pitié existe-t-elle au Pérou. Il ne me reste qu'à fuir dans un endroit si possible désert, peut-être une mort pour une autre, mais je préfère la faim au couteau de l'assassin. Je n'ai de toute façon pas le moyen d'acheter ma liberté avec le peu dont je dispose en monnaie étrangère. Même mourir en service m'est refusé par le destin, ma cause est une cause perdue, me voici l'employé d'un chef défunt, ma mission arrêtée dans son cerveau qui ne dira plus rien jusqu'à ce que soient ouverts les coffres de l'éternité dont les sages du monde recherchent la combinaison de ce côté-ci de la mort. Je défais, pas trop tard j'espère, mon nœud de cravate qui m'avait tant préoccupé lorsque je me rendais chez le chef, et je fais disparaître ce détail vestimentaire insolite dans ma veste. J'ai bien failli le jeter, une trace. Me retournant je vois le village pour la première fois ; torchis et paille, par une porte ouverte un hamac. Sueur froide à l'idée qu'on aurait pu m'observer, mais je ne décèle aucun signe de vie, seul à se mouvoir un chien, qui fouille dans un tas d'ordures fumant. J'ai hésité trop longtemps : les hommes se détachent du panneau d'affichage et s'avancent vers moi, de biais, traversant la rue, tout d'abord sans me regarder. Je vois leurs visages au-dessus de moi, l'un vaguement noir, les yeux blancs, le regard indéfinissable : les yeux sont sans pupilles. La tête de l'autre est en argent gris. Long regard tranquille de ses yeux dont je ne puis déterminer la couleur, une lueur rouge y scintille. Sur les doigts de la main droite, qui pend lourdement et qui a l'air d'être en argent elle aussi, court un tressaillement, les veines luisent sous le métal. Puis celui qui est en argent s'éloigne dans mon dos, suivant l'autre, le noir. Ma peur se dissipe et fait place à la déception : je ne suis même pas digne d'un coup de couteau ou de me faire étrangler par des mains de métal. N'y avait-il pas dans ce regard tranquille qui le temps de cinq pas fut posé sur moi, quelque chose comme du mépris. En quoi consiste mon crime. Le monde n'a pas sombré, si toutefois ceci n'est pas un autre monde. Comment accomplir une mission inconnue. Quelle pourrait être ma mission dans cette contrée désolée au-delà de la civilisation. Comment l'employé saurait-il ce qui se passe dans la tête du chef. Aucune science au monde n'arrachera ma mission perdue aux fibres du cerveau du cher disparu. Elle sera enterrée avec lui, les funérailles nationales, dont le cortège s'ébranle peut-être en ce moment même, ne garantissent pas la résurrection. Une sorte de sérénité me submerge, je mets ma veste sur mon bras et déboutonne ma chemise : je suis en promenade. Le chien traverse la rue devant moi, une main en travers de la gueule, les doigts sont pointés vers moi, ils ont l'air calcinés. Des jeunes gens me croisent avec un air menaçant qui ne s'adresse pas à moi. A l'endroit où la route se perd dans la plaine, une femme, à son attitude on dirait qu'elle m'attend. Je tends les bras vers elle, depuis combien de temps n'ont-ils pas touché une femme, et j'entends une voix d'homme dire CETTE FEMME EST LA FEMME D'UN HOMME. Le ton est définitif et je passe mon chemin. Quand je me retourne la femme tend les bras vers moi et dénude sa poitrine. Sur un talus de chemin de fer recouvert d'herbe deux gamins bricolent un bâtard de machine à vapeur et de locomotive, qui se trouve là sur un tronçon de voie ferrée. En européen, je vois au premier regard que c'est peine perdue : ce véhicule ne roulera pas, mais je ne le dis pas aux enfants, le travail c'est l'espoir, et je poursuis ma route dans le paysage qui n'a d'autre tâche que d'attendre la disparition de l'homme. Je sais à présent ma destination. Je me débarrasse de mes vêtements, l'apparence n'importe plus. Un jour L'AUTRE viendra à ma rencontre, l'antipode, le double avec mon visage de neige. L'un de nous survivra

Debuisson, Galloudec, Sasportas. Debuisson donne à Galloudec un papier, Galloudec et Sasportas lisent :

DEBUISSON : Le gouvernement, qui nous a confié la mission d'organiser ici à la Jamaïque un soulèvement d'esclaves, n'est plus en fonction. Le général Bonaparte a disssous le Directoire avec les baïonnettes de ses grenadiers. La France s'appelle Napoléon. Le monde devient ce qu'il était, une patrie pour maîtres et esclaves. *Galloudec froisse le papier.* Qu'avez-vous à écarquiller les yeux. Notre firme ne figure plus au registre du commerce. Elle a fait faillite. La marchandise que nous avons à vendre, payable en monnaie du pays larmes sueur sang, n'a plus cours en ce monde. *Déchire le papier*. Je nous déclare quittes de notre mission. Toi Galloudec, le paysan de Bretagne. Toi Sasportas, le fils de l'esclavage. Moi Debuisson.

SASPORTAS *à voix basse* : Le fils des propriétaires esclavagistes.

DEBUISSON : Et rends chacun à sa liberté ou à son esclavage. Notre spectacle est terminé, Sasportas. Fais attention en te démaquillant, Galloudec. Ta peau pourrait venir avec. Ton masque, Sasportas, est ton visage. Mon visage est mon masque. *Se couvre le visage de ses mains.*

GALLOUDEC : Ça va trop vite pour moi, Debuisson. Je suis un paysan, je ne peux pas penser aussi vite. J'ai risqué mon cou une année et plus, prêché à m'arracher la gueule dans les assemblées secrètes, passé des armes en fraude à travers des cordons de chiens, de requins et d'espions, joué le rôle de l'idiot à la table des écorcheurs anglais en acceptant de passer pour ton chien, brûlé par le soleil et secoué par la fièvre, sur cette maudite partie du monde sans neige, tout cela pour cette masse fainéante de chair noire qui ne veut pas se remuer si ce n'est sous la botte, et que m'importe à moi l'esclavage à la Jamaïque, tout bien considéré, je suis français, attends Sasportas, mais je veux devenir noir sur le champ, si je comprends pourquoi tout cela devrait ne plus être vrai, être rayé, et plus de mission pour rien, parce qu'à Paris un général a la grosse tête. Qui n'est même pas français. Mais en t'écoutant parler Debuisson, on pourrait croire que tu n'attendais que lui, ce général Bonaparte.

DEBUISSON : Peut-être l'ai-je en effet attendu ce général Bonaparte. Tout comme la moitié de la France l'a attendu. La révolution fatigue, Galloudec. Dans le sommeil des peuples se lèvent les généraux et ils brisent le joug de la liberté si lourd à porter. Sens-tu comme il te courbe les épaules, Galloudec.

SASPORTAS : Je crois que moi non plus je te comprends pas, Debuisson. Je ne te comprends plus. Les esclaves n'ont pas de patrie, citoyen Debuisson. Et tant qu'il y a des maîtres et des esclaves, nous ne sommes pas quittes de notre mission. Quel rapport entre le putsch d'un général à Paris et la libération des esclaves à la Jamaïque, qui est notre mission. Dix mille hommes n'attendent que notre ordre, le tien, si tu veux. Mais il n'est pas nécessaire que ce soit ta voix qui donne cet ordre. Ils ne dorment pas, ils n'attendent pas un général. Ils sont prêts à tuer et à mourir pour ton JOUG DE LA LIBERTÉ dont ils ont rêvé toute leur vie, qui est une mort quotidienne, comme d'une bien-aimée inconnue. Ils ne se préoccupent pas de la forme de ses seins ni de la virginité de son sexe. Que leur importe Paris, un tas de pierres lointain, qui un court moment fut la métropole de leur espérance, et la France, un pays où le soleil ne peut pas tuer, et où le sang eut la couleur de l'aurore un court moment, sur un continent blafard derrière le tombeau d'Atlantis. On ne parlera plus de votre général, j'ai déjà oublié son nom, quand le nom du libérateur de Haïti sera dans tous les livres d'école.

Debuisson rit.
SASPORTAS : Tu ris.
DEBUISSON : Je ris, Sasportas. Je me demande bien pourquoi.
SASPORTAS : Peut-être qu'une fois de plus je ne t'ai pas compris. Je ne sais pas si je dois te tuer maintenant ou te faire des excuses.
DEBUISSON : Fais ce que tu veux, Sasportas.
SASPORTAS *rit* : Ah Debuisson. Pendant un instant j'ai cru que ce que tu disais tu le pensais. J'aurais dû m'en douter. J'aurais dû me douter que c'était une épreuve. Je n'ai pas soutenu l'épreuve, n'est-ce pas. Chacun de nous doit être froid comme un couteau quand on donnera le signal et que la bataille commencera. Mes nerfs ne tremblent pas de peur, mais de joie à l'idée de la danse. J'entends les tambours avant qu'ils battent. J'entends par mes pores, ma peau est noire. Mais j'ai douté de toi et ça n'est pas bien. Pardonne-moi, Debuisson. Tu as trempé tes mains dans le sang pour notre cause. J'ai vu que tu ne l'as pas fait de gaieté de cœur. Je t'aime pour ceci et pour cela, Debuisson, car celui qu'il fallait tuer, afin qu'il ne trahisse pas notre cause, était mon semblable, et il fallait qu'il meure avant la torture en vue de laquelle tu devais le guérir des séquelles de la torture précédente, en tant que médecin et sauveur de l'humanité, mais lui disait : tue-moi pour que je ne puisse pas trahir, et tu l'as tué pour notre cause en tant que médecin et révolutionnaire. *Sasportas serre Debuisson dans ses bras.*
DEBUISSON : Tu n'as pas besoin de t'excuser, Sasportas-

tas, ce n'était pas une épreuve. Nos noms ne seront pas dans les livres d'école, et ton libérateur de Haïti, où maintenant les nègres libérés tombent à bras raccourcis sur les mulâtres libérés, ou l'inverse, devra attendre longtemps sa place dans le livre de l'histoire. Napoléon entre-temps aura fait de la France une caserne et de l'Europe peut-être un champ de bataille, en tout cas le commerce est florissant, et la paix avec l'Angleterre ne saurait tarder, ce qui unit l'humanité ce sont les affaires. La révolution n'a plus de patrie, ce n'est pas nouveau sous ce soleil qui ne brillera peut-être jamais sur une nouvelle terre, l'esclavage a de multiples visages, nous n'avons pas encore vu le dernier, ni toi Sasportas, ni nous Galloudec, ce que nous avons pris pour l'aurore de la liberté n'était peut-être qu'un nouvel esclavage plus effroyable, comparé auquel le règne du fouet dans les Caraïbes et ailleurs n'est qu'un aimable avant-goût de la félicité du paradis, et ta bien-aimée inconnue, la liberté, quand ses masques seront usés, peut-être n'aura-t-elle pas d'autre visage que la trahison : ce que tu ne trahis pas aujourd'hui te tuera demain. La révolution, d'un point de vue médical, est un mort-né, Sasportas : de la Bastille à la Conciergerie, le libérateur devient gardien de prison. MORT AUX LIBÉRATEURS telle est la vérité dernière de la révolution. Et en ce qui concerne le meurtre que j'ai commis pour notre cause : le médecin meurtrier n'est pas un rôle nouveau dans le théâtre de la société, la mort n'a pas une telle importance pour les sauveurs de l'humanité : un autre état chimique, jusqu'à la désertification, chaque ruine est un terrain où bâtir contre la morsure du temps. Peut-être me lavais-je seulement les mains, Sasportas, lorsque je les trempais dans le sang pour notre cause, la poésie a toujours été la langue des vanités, mon noir ami. Nous avons maintenant d'autres cadavres sur la nuque et ils nous conduisent à la mort si nous ne les désarçonnons pas avant la fosse. Ta mort a pour nom liberté, Sasportas, ta mort a pour nom fraternité, Galloudec, ma mort a pour nom égalité. Quelle chevauchée, tant qu'elles étaient nos montures, le vent de demain sur les tempes. A présent souffle le vent d'hier et nous sommes les montures. Sentez-vous les éperons dans votre chair. Nos cavaliers ont des bagages : les cadavres de la terreur, des pyramides de mort. Vous sentez le poids. A chaque doute qui traverse les circonvolutions de nos cerveaux, ils pèsent plus lourd. Une révolution n'a pas le temps de compter ses morts. Et nous avons désormais besoin de tout notre temps pour désarmer la révolution noire que nous avons si soigneusement préparée au nom d'un avenir qui est d'ores et déjà redevenu un passé comme les autres avant lui. Pourquoi l'avenir est-il toujours au singulier dans notre langue, Galloudec. Peut-être en va-t-il autrement chez les morts, si la poussière parle. Penses-y, Sasportas, avant de risquer ton cou pour la libération des esclaves dans un abîme qui n'a plus de fond depuis cette nouvelle que je vais à présent m'incorporer afin qu'il ne reste aucune trace de notre tâche. En voulez-vous un morceau.

C'était notre mission, elle n'a plus que la saveur du papier. Demain elle aura suivi le chemin de toute chair, toutes les ascensions ne se font pas dans le même sens. Et peut-être est-elle déjà en route l'étoile qui vient du froid de l'espace, un bloc de glace ou de métal qui fera le trou définitif dans ce terrain des faits où nous replantons toujours nos fragiles espérances. Ou le froid lui-même qui gèlera notre hier et notre demain en un éternel aujourd'hui. Pourquoi ne sommes-nous pas nés arbres, Sasportas, non-concernés par tout ceci. Ou bien préfères-tu être une montagne. Ou un désert. Qu'en dis-tu, Galloudec. Pourquoi écarquillez-vous les yeux comme deux pierres. Pourquoi ne sommes-nous pas simplement là à contempler la guerre des paysages. Que me voulez-vous. Mourez votre mort, si vous n'avez plus goût à la vie. Je ne vous aiderai pas, moi non plus elle ne me plaît pas. Hier j'ai rêvé que je me promenais dans New York. L'endroit, délabré, n'était pas habité par des blancs. Devant moi sur le trottoir se dressait un serpent doré et, quand je traversais la rue ou plutôt la jungle de métal bouillant qu'était la rue, sur l'autre trottoir un autre serpent. Il était d'un bleu lumineux. Je le savais dans mon rêve : le serpent doré c'est l'Asie, le serpent bleu c'est l'Afrique. A mon réveil je l'avais oublié. Nous sommes trois mondes. Comment se fait-il que je le sache maintenant. Et j'entendis une voix dire : ET VOILA QU'IL SE FIT UN GRAND TREMBLEMENT DE TERRE L'ANGE DU SEIGNEUR DESCENDIT DU CIEL ET VINT ROULER LA PIERRE SUR LAQUELLE IL S'ASSIT IL

AVAIT L'ASPECT DE L'ÉCLAIR ET SA ROBE ÉTAIT BLANCHE COMME NEIGE. Je ne veux plus savoir tout cela. Voilà mille ans que l'on rit de nos trois bien-aimées. Elles ont roulé dans tous les ruisseaux, se sont vautrées dans tous les caniveaux du monde, traînées dans tous les bordels, notre putain la liberté, notre putain l'égalité, notre putain la fraternité. Maintenant je veux être assis là où l'on rit, libre pour ce qui me plaît, égal à moi-même, frère de moi-même et sinon de personne. Ta peau reste noire Sasportas. Toi Galloudec, tu restes un paysan. On rit de vous. Ma place est là où l'on rit de vous. Je ris de vous. Je ris du nègre. Je ris du paysan. Je ris du nègre qui veut que la liberté le blanchisse. Je ris du paysan qui arbore le masque de l'égalité. Je ris de cette imbécilité la fraternité qui moi, Debuisson, maître de quatre cents esclaves, qui n'ai qu'à dire oui, oui et oui à l'ordre sacré de l'esclavage, m'a rendu aveugle à ta sale peau d'esclave, Sasportas, à ta démarche de paysan à quatre pattes, Galloudec, avec sur la nuque le joug sous lequel vont tes bœufs dans les sillons de ton champ, qui ne t'appartient pas. Je veux ma part du gâteau du monde. Je vais me découper, de la famine du monde, ma part du gâteau. Vous, vous n'avez pas de couteau.

SASPORTAS : Tu m'as déchiré un drapeau. Je vais en tailler un nouveau dans ma peau noire. *Se fait avec le couteau une croix dans la paume de la main.* Ce sont nos adieux, citoyen Debuisson. *Applique sa main ensanglantée sur le visage de Debuisson.* Te plaît-il mon sang. J'ai dit que les esclaves n'ont pas de patrie. Ce n'est pas vrai. La patrie des esclaves est le soulèvement. Je vais au combat, armé des humiliations de ma vie. Tu viens de me fournir une arme nouvelle, et je t'en remercie. Possible que ma place soit sur le gibet, et peut-être la corde me pousse-t-elle déjà autour du cou, tandis que je te parle au lieu de te tuer, ne te devant plus rien si ce n'est mon couteau. Mais la mort est sans importance, et sur le gibet je saurai que mes complices sont les nègres de toutes les races, dont le nombre croît à chaque minute que tu passes à ton auge de propriétaire esclavagiste, ou entre les cuisses de ta putain blanche. Les morts combattront quand les vivants ne pourront plus. Chaque battement de cœur de la révolution fera de nouveau croître de la chair sur leurs os, du sang dans leurs veines, de la vie dans leur mort. Le soulèvement des morts sera la guerre des paysages, nos armes les forêts, les montagnes, les mers, les déserts du monde. Je serai forêt, montagne, mer, désert. Moi, c'est l'Afrique. Moi, c'est l'Asie. Les deux Amériques c'est moi.

GALLOUDEC : Je viens avec toi, Sasportas. Nous devons tous mourir un jour, Debuisson. Et c'est tout ce que nous avons encore en commun. Après le massacre à la Guadeloupe, au milieu d'un monceau de cadavres, tous noirs, ils en ont trouvé un blanc, qui était tout aussi mort. Toi en tout cas, ça ne peut plus t'arriver, Debuisson. Tu es dehors.

DEBUISSON : Restez. J'ai peur de la beauté du monde, Galloudec. Je sais bien qu'elle est le masque de la trahison. Ne me laissez pas seul avec mon masque qui déjà me rentre dans la chair et ça ne fait plus mal. Tuez-moi avant que je vous trahisse. Je redoute, Sasportas, la honte d'être heureux en ce monde.

Dit, chuchota, cria Debuisson. Mais Galloudec et Sasportas s'en allèrent l'un avec l'autre, laissèrent Debuisson seul avec la trahison qui s'était avancée vers lui comme le serpent sorti de la roche. Debuisson ferma les yeux résistant à la tentation de regarder en face son premier amour, qui était la trahison. La trahison dansait. Debuisson plaquait ses mains sur ses yeux. Il entendait son cœur battre le rythme des pas de danse. Avec le battement du cœur ils devinrent plus rapides. Debuisson sentait ses paupières tressaillir contre les paumes de ses mains. Peut-être la danse avait-elle déjà cessé et n'y avait-il plus que son cœur qui battait la chamade, tandis que la trahison, les bras peut-être croisés sur les seins, ou les mains sur les hanches ou déjà agrippées à ses flancs, le sexe peut-être déjà tressaillant de désir, le regardait l'œil vague, lui Debuisson, qui enfonçait à présent de ses poings ses yeux dans leurs orbites résistant à sa soif de la honte du bonheur. Peut-être la trahison l'avait-elle déjà quitté. Ses propres mains concupiscentes refusèrent de lui obéir : il ouvrit les yeux. La trahison en souriant lui montrait ses seins, écartait en silence ses cuisses. Sa beauté atteignit Debuisson comme un couperet. Il oublia la prise de la Bastille, la marche des quatre-vingts mille, la fin de la Gironde, son repas de communion, un mort sur la table, Saint-Just, l'ange noir, Danton, la voix de la révolution, Marat, recroquevillé sur le poignard, la mâchoire brisée de Robespierre, son cri, lorsque le bourreau lui arracha le bandeau, son dernier regard de compassion sur l'allégresse de la foule. Debuisson s'agrippa au dernier souvenir qui ne l'avait pas encore quitté : une tempête de sable devant Las Palmas, les grillons tombèrent avec le sable sur le bateau et firent la traversée de l'Atlantique. Debuisson s'arc-boutait contre la tempête de sable, se frottait les yeux, se bouchait les oreilles contre le chant des grillons. Alors la trahison se jeta sur lui comme un ciel, dans la broussaille des flancs le bonheur des lèvres de la vulve une aurore.

Prométhée

d'après Eschyle

traduit de l'allemand par
Jean Jourdheuil et Heinz Schwarzinger

« Prométhée » a été représenté pour la première fois au Théâtre de l'Est Parisien, dirigé par Guy Rétoré, le 13 avril 1982.

Mise en scène : Guy Rétoré
Direction musicale : Oswald et Nicole d'Andréa
Décor adapté d'une scénographie d'Ezio Toffolutti
Costumes : Ezio Toffolutti
Masques : Monique Luyton

Distribution : Paul Borne, Martine Chevallier, Nadine Darmon, Françoise Fouquet, Anna Kupfer, Alain Lahaye, J. Daniel Laval, Martine Maximin, Alexandra Pandev, Eric Prat, Nathalie Rebeyrolles, Anne Theurillat.

Personnages : PROMÉTHÉE / CRATOS ET BIA / HEPHAISTOS / OCÉANOS / IO / HERMÈS / CHŒUR.

CRATOS ET BIA : Nous voici à l'extrémité du monde
Au désert. A présent Héphaistos
Tu vas accomplir la tâche que Zeus, le Père
T'ordonna : le clouer au rocher, lui
Par un lien d'acier indissoluble cette chair
Qui s'est révoltée
Et a dérobé ton feu
Artisan de tout
A l'intention des humains
Afin qu'il apprenne le règne de Zeus
Et se guérisse de son orgueil
Et de son amour des mortels
Sa chair sur la pierre.
HÉPHAISTOS : Ta mission donc
S'achève, et entre moi et la mienne
Il n'y a plus rien. L'étau de tes poings
En ma main
Dépose mon parent.
Comment veux-tu
Qu'à cette montagne je l'attache de force par ce
[rigoureux hiver
Parce qu'il a dérobé mon feu, le flamboyant
Et connaît son usage ?
C'est pourtant ce que je dois faire.
Ne pas obtempérer à la parole de Zeus
Serait lourd de conséquences, et mon dos

Voûté par le travail ne le supporterait pas.
Fils de Thémis, plein de projets, malgré moi
Je vais t'accrocher à ce site
Dans des liens durables, toi qui maugrée
Et tu oublieras jusqu'à la voix et la forme
De ceux qui meurent, et calciné
Par l'incandescente lumière du soleil
Ta peau se fanera. Et pour toi
La nuit au vêtement bariolé, sans joie
Succédera à la lumière, et le soleil
Dévorera la rosée, et à ton chevet toujours
Ta douleur et au cœur l'humiliation. Car
Celui qui te délivrera
N'est pas né.
Tel est le bénéfice que tu retires
De ton amour des mortels
Toi qui, pour eux, a dérobé au ciel
Au mépris de la fureur des Dieux
Un privilège auquel ils n'ont pas droit.
Aussi, sur cette roche peu avenante
Tu vas monter la garde
Debout, sans dormir, ni pouvoir ployer le genou
Criant beaucoup
Sans que nulle oreille t'entende. Car
Zeus règne, inéluctable, un dur règne. Car
Il l'exerce depuis peu.

CRATOS ET BIA : Qu'as-tu à geindre
N'as-tu donc pas de haine pour l'ennemi des [dieux ?
Il a livré ton bien à ceux qui meurent.

HÉPHAISTOS : Il est mon frère. C'est pourquoi
Je suis lent.

CRATOS ET BIA : Tu devrais craindre la fureur du [Père
Plus que tu ne fais.
HÉPHAISTOS : Tu fus toujours insolent
Et de cœur cruel.
CRATOS ET BIA : Ta lamentation, à qui doit-elle servir [de remède ?
Ne fatigue pas ta voix pour rien.
HÉPHAISTOS : Comme je te déteste, habileté manuelle
Pour cet emploi.
CRATOS ET BIA : Ne la maudis pas. Ton art est-il
Cause de sa chute ?
HÉPHAISTOS : Que n'est-il l'apanage d'un autre.
CRATOS ET BIA : Tout est fardeau, hormis être le [maître
Des dieux. Seul Zeus est libre.
HÉPHAISTOS : Je sais, et ne puis
Rien répliquer.
CRATOS ET BIA : Vas-tu bientôt l'enchaîner
Veux-tu que le Père voie comme tu est lent.
HÉPHAISTOS : Qu'il voie donc le fer dans mes mains.
CRATOS ET BIA : Cloue-le à la roche. A coups de [marteau
Revêts-le de son vêtement.
HÉPHAISTOS : Soit. Rien ne l'en fera sortir.
CRATOS ET BIA : Plus fort, frappe, serre, il est habile
Quand il n'y a pas d'issue, il trouve
L'issue.
HÉPHAISTOS : Il déplacera la montagne
Plutôt que de bouger son bras.
CRATOS ET BIA : L'autre à présent. Qu'il apprenne, [le roublard, que Zeus pense plus vite.

HÉPHAISTOS : Et ceci de mes mains. L'instrument
[n'aura mérité
Aucun reproche.
CRATOS ET BIA : Enfonce maintenant ce coin d'acier
[dans sa poitrine.
HÉPHAISTOS : Ah Prométhée, comme je gémis de tes
[tourments.
CRATOS ET BIA : Tu traînes encore, tu t'apitoies
Sur l'ennemi de Zeus ? Fais en sorte de ne pas
[avoir à pleurer sur toi.
HÉPHAISTOS : Je vois ce que des yeux ne sauraient
[voir.
CRATOS ET BIA : Je vois qu'il a ce qu'il mérite.
Et maintenant jette le métal autour de ses flancs.
HÉPHAISTOS : Je le fais forcé et contraint
Par Zeus. Ne m'active pas.
CRATOS ET BIA : Bien sûr que je vais t'activer
Puisque tu en as besoin. L'anneau maintenant,
[autour de ses jambes.
HÉPHAISTOS : Voilà qui est fait. Et sans effort.
CRATOS ET BIA : La pointe, qu'elle lui transperce
Les pieds. L'œil qui te surveille
Voit tout.
HÉPHAISTOS : Ta voix glapit, pareille à ta figure.
CRATOS ET BIA : Montre-toi tiède. Ni ma dureté
Ni ma hargne ne méritent de reproches.
HÉPHAISTOS : Allons-nous en. Le voilà enchaîné, rivé
Dans mon ouvrage.

Il sort.

CRATOS ET BIA : Donne libre cours à ton arrogance
[à présent

Dépouille les dieux.
De combien de tourments ceux qui meurent
Te soulageront-ils ?
Sois prévoyant, tu en as besoin.
Essaie d'échapper à l'artifice de tes liens.
Ils sortent.
PROMÉTHÉE : Ether divin, et vous à l'aile rapide
Vents, source, fleuve et vagues
De la mer, qui se succèdent innombrables.
Terre, tournoyante mère universelle, et là-haut
Ton orbe, soleil, qui voit tout.
Voyez ce que moi un dieu j'endure des dieux, brisé
Par de telles brutalités et tenu
Pour un temps millénaire
Dans ces liens d'infâmie.
Voilà ce qu'a imaginé pour moi le nouveau
Maître des Immortels.
La souffrance présente
Et celle à venir, je les crie. Où surgira
La fin de ma détresse ?
Mais qu'ai-je à me plaindre ? L'avenir je le connais
Exactement, et le tourment à venir
Ne me prendra pas au dépourvu. Mais ce qu'on a
[mérité il faut le supporter
Légèrement. Mais il est trop pénible
D'être muet. La source du feu l'ayant volée
De mes mains aux mortels je l'ai apportée
Fondement de tous les arts. Voilà ce que je paie
[à présent
Fixé sous le ciel par des clous.
Qu'est-ce qui s'avance invisible ? Dieu, homme
[ou alliage des deux

Vers la mienne ultime montagne de la terre, pour
[voir
Mes souffrances ou les accroître ?
Voyez enchaîné, dieu misérable, moi
Ennemi de Zeus ayant encouru la haine
De tous ceux qui hantent son ciel
Pour cause de trop grand amour des hommes.
Quel bruissement de nouveau
Semblable à celui des oiseaux, le ciel de légers
Battements d'aile retentit, comme m'effraie
Tout ce qui m'approche.

CHŒUR : Ne crains rien. Amicale
Je viens portée par le vent rapide
Dans le tourbillon des ailes. Car l'écho
De l'acier s'est répandu dans les entrailles
De mes cavernes, il en a
Chassé ma pudeur au regard grave
Et pieds nus, sur ce char ailé, me voici.

PROMÉTHÉE : Filles de la très féconde
Téthys et d'Océanos, qui tout autour
De la terre roule son flot inépuisable, voyez
Dans quels liens sur ce roc abrupt au-dessus de
[l'abîme
N'éveillant nulle jalousie, je monte la garde.

CHŒUR : Je vois, Prométhée
Et à mes yeux, effroyable dans un épais brouillard
[de larmes
Ton corps, sur ce roc, se rétrécit, fixé
Par l'injure d'acier
Parce que dans l'Olympe, nouveau au gouvernail
Et régnant avec des lois toutes neuves

Zeus anéantit maintenant ce qui était puissant
[avant lui.
PROMÉTHÉE : Que ne m'a-t-il
Afin que nul, dieu ou autre, ne s'en réjouisse
Précipité sous la terre qui abrite les morts
Au plus profond, dans des liens perpétuels.
Quand maintenant, jouet des airs, malheureux
Pour la joie de mes ennemis, je souffre.
CHŒUR : Qui parmi les dieux aurait le cœur si dur
Qu'il s'en réjouisse. Qui a la vue de ta souffrance
Ne rougit de colère, Zeus excepté. Il entend
Dompter la race céleste et ne s'arrêtera pas
Que son cœur ne soit assouvi ou qu'une autre
[main
Ne s'empare de ce pouvoir si ardu à prendre.
PROMÉTHÉE : Il aura pourtant, le chef des Bien-
[heureux, grand besoin de moi
Si maltraité que je sois par ces liens puissants à
[mes pieds
Car je sais par qui
Il s'arrêtera, jeté à bas du pouvoir et dépouillé
Des honneurs qu'il savoure.
Et ce n'est pas par des chants mielleux
Qu'il me charmera et je ne plierai pas
Si terribles soient ses menaces
Et ne le dirai pas avant qu'il ne me libère
De ces liens et ne paie
Pour cette infâmie.
CHŒUR : Te voilà bien hardi et à l'amertume
Tu n'échapperas pas, ta bouche
Parle trop librement. La crainte
Me perce le cœur à l'idée

De ton sort. Si tu y vas ainsi, quand verras-tu le [terme
De tes souffrances, inaccessibles par de telles voies
Est le cœur de Zeus, fils de Cronos.
PROMÉTHÉE : Je le sais, il est dur et décide lui-même
Du droit. Mais il deviendra
Tout à fait doux lorsqu'il échouera, et si impi-[toyable
Que soit sa colère, vite il la couvrira
D'un voile d'amitié et d'amour pour moi.
CHŒUR : Ne veux-tu dévoiler tout à fait et me dire
Si dire n'augmente pas le tourment, pour quel [grief Zeus
Te tourmente sur ce roc.
PROMÉTHÉE : Tout est douleur, parler se taire, [aucune joie.
Lorsque les uns contre les autres les dieux se [prirent
De colère, certains à bas de son trône voulurent [jeter Cronos
Afin que Zeus règne, les autres se levèrent
Afin que jamais il ne vienne à régner. Pour ma [part
Je donnai le plus sage conseil. Mais persuader
Les Titans, fils du Ciel et de la Terre
Je ne le pouvais, dédaigneux de mes ruses
Imbus de leur force, ils croyaient
L'emporter sans peine par la brutalité.
Mais je savais de ma mère, Thémis et Gaia, [l'unique
Aux multiples noms, d'avance l'avenir : que les [malins triomphent.

Or, ma parole ils ne l'entendaient pas, et ne
[voyaient
Pas l'ensemble. Dans cette situation il me sembla
Que le mieux, suivant la prédication de ma mère,
[était de prendre
Le parti de Zeus. Sur mon
Conseil, dans le noir et profond
Gouffre du Tartare nous jetâmes
Le vieux Cronos et ses alliés.
Et voilà par quels maux me récompense à présent
Le tyran des dieux. Cette maladie sans doute
Est attachée à la tyrannie,
Ne pas se fier à ses amis.
Quant à votre question, pour quelle faute
Il me tourmente, cela aussi je veux le proclamer.
A peine assis sur le trône, celui du Père, aussitôt
Il répartit entre les divers dieux les divers privi-
[lèges et l'autorité.
Mais pour ceux qui meurent, qui endurent mille
[peines, il
N'a pas un mot, il voulait au contraire anéantir
[toute leur race pour en faire naître
Une nouvelle. A cela, moi excepté
Personne ne s'opposait. J'eus cette audace, je
[préservai les fugitifs
De l'anéantissement dans l'Hadès.
Voilà pourquoi sous de telles souffrances
Je suis courbé. Pour avoir eu pitié des humains
En premier, me voici sans que personne ait pitié,
Spectacle qui n'est pas à la gloire de Zeus.

CHŒUR : Il faut un caractère de fer, être taillé dans
[le roc

Prométhée, pour n'avoir aucune part
A tes tourments et n'en pas être révulsé. Voir cela
Jamais je n'ai souhaité, et le voir afflige mes yeux.
PROMÉTHÉE : Je suis en effet pour mes amis une [écharde.
CHŒUR : N'as-tu pas été plus loin, rien fait d'autre ?
PROMÉTHÉE : J'ai accordé aux humains de ne plus [voir ce qui est à venir.
CHŒUR : A cette maladie, quel remède as-tu trouvé ?
PROMÉTHÉE : Je leur ai inoculé des espérances [aveugles.
CHŒUR : Tu as rendu aux humains un grand service.
PROMÉTHÉE : Et je leur ai aussi procuré le feu.
CHŒUR : Le flamboyant, les éphémères le possèdent ?
PROMÉTHÉE : Et ils en apprendront des arts sans [nombre.
CHŒUR : C'est donc pour ce délit que Zeus...
PROMÉTHÉE : ... me tourmente sur ce rocher et ne [veut me détacher.
CHŒUR : Et aucun terme n'est fixé à ta peine ?
PROMÉTHÉE : Aucun. Sauf s'il lui plaît d'y mettre [fin.
CHŒUR : Mais comment lui plairait-il ? Qu'espères-tu
Donc ? Ne vois-tu pas que tu as failli ?
Dire ta faute pour moi n'est
Pas un plaisir, et pour toi une douleur. Mais
Restons-en là. Et toi
Cherche l'issue.
PROMÉTHÉE : Qui a le pied au-dehors d'une langue [légère
Peut conseiller l'habitant des souffrances.
Tout cela je le savais par avance. Délibérément

J'ai failli, je ne le nie pas, de mon plein gré
Aidant ceux qui meurent je suis allé au-devant
[des souffrances.
N'imaginant pas cependant qu'en de tels liens
Sur ce haut roc suspendu je me rétrécirais,
Une contrée sans voisinage, mon lot solitaire.
Mais ne plains pas ma situation présente.
Ecoute maintenant, mets pied à terre, ce qui
[adviendra
De moi, surélevé, afin que tu saches
Tout et apprennes, souffrant avec moi
Qui souffre à présent, avec quelle mobilité le
[malheur
Passe de l'un à l'autre dans le temps.
CHŒUR : Ta parole, Prométhée
Ne me trouve pas sourde. D'un pied léger
Je quitte ce siège rapide et la route des oiseaux
Pour tout écouter sur ce sol rocailleux.
Océanos.
OCÉANOS : Je suis venu. Tu es, Prométhée,
Le but de mon long voyage. Cet oiseau
Aux ailes rapides, je l'ai dirigé
Au fil des mes pensées, sans bride,
Porté par notre lien de parenté, compatissant
A ton sort. Ce lien ne fût-il pas
Personne ne serait plus que toi cher à mon cœur
Sache-le. Ce n'est pas en l'air
Que je te parle en ami. Que puis-je faire
Pour t'aider, jamais tu ne pourras dire
Que tu avais un ami
Plus sûr qu'Océanos.
PROMÉTHÉE : Quoi. Sans doute viens-tu toi aussi

Pour être spectateur de mes souffrances.
Comment as-tu osé, quittant le fleuve qui porte [ton nom
Et ta grotte qui s'est édifiée par amoncellement
De rocs, et pourquoi venir ici en cette terre
Mère du fer ? Pour discourir
Sur mon sort et goûter ma colère ? Regarde
Moi, l'ami de Zeus, qui ai aidé à établir
Le règne du tyran, quel spectacle,
Sous quelle peine il me courbe.

OCÉANOS : Je vois, Prométhée, et vais te donner
Le meilleur conseil, si astucieux que tu sois
Connais-toi toi-même et change ta manière
Pour une nouvelle, car sur les dieux règne un [nouveau maître.
Si tu profères paroles âpres et tranchantes
Lui aussi pourrait les entendre là-haut
Zeus sur son trône, et ta souffrance présente
Te sembler un jeu d'enfant. Toi qui subis l'infor-[tune
Oublie ta colère, cherche à te libérer.
Je te semble dire peut-être des choses
Poussiéreuses. Mais tu vois le salaire d'une langue
Trop abrupte. Prométhée, jamais humble
Qui ne se dérobe pas à la souffrance, et à la [souffrance présente
En ajoute une autre. Si tu me prends pour maître
Tu cesseras de suspendre ta chair au crochet, tu [reconnaîtras
L'âpre dominateur qui règne de son propre chef [et ne doit rien à personne.
Mais je m'en vais maintenant et je vais essayer

Si je puis, de te délier. Ne tiens pas des propos [inconsidérés
Toi qui es d'une sagesse supérieure, ne sais-tu pas
Que le châtiment suspendu pèse
Lourd sur une langue vaniteuse.

PROMÉTHÉE : Je t'envie : tu prends part à tout
Excepté à la faute.
Mais laisse, ne t'en soucie pas.
Tu ne le persuaderas pas
Car il n'est pas facile à persuader.
Prends garde que rien de fâcheux ne t'arrive en [chemin.

OCÉANOS : Tu penses mieux pour ton prochain
Que pour toi-même, j'en juge à tes actes, non à [tes paroles.
Mais je pars, tu ne me retiendras pas.
Je prétends en effet, oui je prétends, que ce cadeau
Zeus me l'accordera et que de tes maux je te [délierai.

PROMÉTHÉE : Je te loue pour cela et ne cesserai [jamais.
Ton zèle est sans défaut. Mais
Ne prends pas cette peine. C'est en vain, sans [nul profit
Pour moi que tu la prendrais, si c'est bien là ce [ce que tu veux
Reste tranquille et tiens-toi à l'écart.
Je suis dans le malheur et ne souhaite pas y être
En compagnie. Certes non. Tourmenté déjà par [le sort
De mon frère Atlas debout au couchant
Colonne du ciel et de la terre

Qui porte sur ses épaules un fardeau incommode
[pour les bras.
Et l'habitant des cavernes de Cilicie
Né de la terre, non sans pitié je le vois, une image
[d'épouvante
Le monstre aux cent têtes, jugulé par la force
Typhon, qui s'est dressé face à tous les dieux
Ses horribles mâchoires sifflant l'effroi
Ses yeux jetant des éclairs pour anéantir par la
[violence
La tyrannie de Zeus. Mais vint sur lui
Le projectile infatigable de Zeus
La foudre qui s'abat dans un souffle ardent
Et le précipita du haut de son discours orgueilleux.
En plein cœur frappé
Il fut réduit en cendres et sa force se consuma
[entièrement.
A présent, inutile, corps auquel nul ne prête
[attention
Près du détroit il gît
Ecrasé, sous les racines de l'Etna.
Cependant que sur les hauteurs, Héphaistos
Martelle le fer en fusion. C'est de là qu'un jour
[jailliront
Des fleuves de feu, dévorant de leurs gueules
[féroces
Les fertiles et vastes champs de Sicile.
Et cette rage bouillonnante, brûlante des projec-
[tiles
De l'indomptable tempête écumante de feu, vien-
[dra de lui
Typhon, tout calciné qu'il soit

Par la foudre de Zeus, carbonisé complètement.
Mais tu n'es pas sans échappatoire et tu n'as pas [besoin
De mes leçons. Sauve-toi comme tu sais faire.
J'endurerai mes maux
Jusqu'à ce que tombe en poussière la colère de [Zeus.
OCÉANOS : Tu n'admets donc pas, Prométhée
Que les mots puissent guérir la colère malade.
PROMÉTHÉE : Oui, si l'on ramollit le cœur à propos
Au lieu de le vouloir assécher par force
Quand il déborde.
OCÉANOS : Quel dommage y a-t-il à te montrer
De la bonne volonté, à oser quelque chose ? [Instruis-moi.
PROMÉTHÉE : Candeur innocente, peine superflue.
OCÉANOS : Permets que je sois atteint de cette [maladie.
Le sage a tout à gagner à ne point paraître tel.
PROMÉTHÉE : Et la faute me sera comptée
Et ton aide me rivera d'autant plus à la pierre.
OCÉANOS : Tes propos me congédient.
PROMÉTHÉE : Afin que ma souffrance ne t'expose [pas à l'hostilité.
OCÉANOS : Du nouveau venu, assis sur le trône tout [puissant ?
PROMOTHÉE : Garde-toi de mettre son cœur en rage.
OCÉANOS : Ton sort, Prométhée, me sert de leçon.
PROMÉTHÉE : Pars, va, tiens-t-en à cette sagesse.
OCÉANOS : Voilà ce que tu me cries alors que je m'en [vais
A tire d'ailes le volatile à quatre pattes

Parcourt la vaste route de l'éther, désireux
De ployer le genou en son étable familière.
Sort.

CHŒUR : Je plains, Prométhée, ton destin irrémé-
[diable.
Des larmes inondent mes yeux attendris, un flot.
Mais effroyable il règne
Selon ses propres lois, Zeus, et aux dieux antérieurs
Avec orgueil, il montre sa domination
Et la terre entière, la vénérable, retentit
De lamentations et plaint
Ta honte et celle de tes parents, et les habitants
De la sainte Asie, toute proche, souffrent avec toi
De t'entendre gémir de souffrance.
Les filles aussi, habitantes de
Colchis, qui au combat
Ne tremblent pas, et la horde des Scythes
Qui ont l'ultime contrée de la terre
Autour du marais de Méotis
Et la fleur des guerriers d'Arabie, près du Caucase
Ville sur une pente escarpée, une armée
Effroyable, frémissante de ses pointes acérées.
Je n'en vois qu'un seul
Rivé et contraint à de telles peines
Par l'injure d'acier, le Titan
Le dieu, Atlas, qui le lourd fardeau
L'énorme colonne du ciel
Toujours sur le dos gémit. Gémissent
Flux et reflux de la mer, gémit

L'abîme et le sombre Hadès
Gronde, en bas, l'intérieur de la terre
Et les sources crient.
PROMÉTHÉE : Ne croyez pas que c'est orgueil ou
[obstination
Si je me tais. Mes pensées me dévorent
Le cœur quand je me vois si maltraité.
A ces nouveaux dieux, qui donc a distribué
Leurs nouveaux privilèges.
Moi, à l'œil nu, encore distinct de ce rocher.
Mais peut-être plus pour longtemps.
Mais je m'adresse à vous
Qui le savez. Apprenez plutôt les souffrances
De ceux qui meurent. Comment j'ai rendu avisés
Les enfants imbéciles, et leur ai donné une part
De raison. Et je n'en fais pas reproche
Aux humains, j'explique du don que j'ai fait
La bonne intention. Car voyant
Ils ne voyaient pas, à l'origine, et n'entendaient
[pas
En entendant, mais semblables aux fantômes
Des songes brouillaient toute leur longue vie
Sans but, et ne connaissaient pas
Les maisons de brique ni l'ouvrage du bois.
Et enterrés comme le peuple des fourmis
Aux pieds agiles, dans les recoins des cavernes,
[sans soleil
Ils demeuraient, et n'avaient de l'hiver
Ni du printemps fleuri, ni de l'été fertile
Aucun signe clair.
Mais faisaient tout, dépourvus de raison
Jusqu'à ce que du lever et du coucher

Des astres je leur montre la différence.
Le nombre aussi, fondement de toutes connais-
[sances
Je l'inventai pour eux, et l'assemblage
Des lettres, la mémoire des choses
La mère des muses, génératrice.
Et le premier je subjuguai le peuple des taureaux
Pour qu'il hérite des plus lourdes tâches
Et serve arc-bouté
Sous le joug.
Au chariot j'attelai
Les chevaux, ornement de la richesse,
Les ailes de toile qui emportent sur les mers
Nul autre que moi ne les inventa, le véhicule des
[marins.
Inventeur de tels métiers avec patience
Pour les mortels, je n'ai moi-même aucun savoir
Qui me libère désormais de mon tourment.
CHŒUR : Tu souffres. Tes sens
S'égarent du droit chemin. Comme un mauvais
[médecin
Tombé en maladie, tu ne sais
Quel remède pourrait te guérir.
PROMÉTHÉE : Mais tu seras plus étonné encore
Apprenant le reste : les arts que j'ai
Imaginés. Celui-ci tout d'abord : ceux qui tom-
[baient malades
N'avaient ni remède, ni aliment
Ni breuvage, ni baume, et ne sachant l'usage
Des antidotes dépérissaient
Jusqu'à ce que je leur montre, moi, les mixtures
Qui écartent les maladies.

Les procédures aussi, différentes,
De la clairvoyance, je les ai ordonnées
Et le premier j'ai distingué ce qui des rêves
Devient réalité, et les mots obscurs pour eux
Je les ai déchiffrés, et les signes le long du chemin
Et le vol des rapaces avec soin
Lequel favorable et lequel non. Et comment
Vivre. Et l'hostilité. Et l'amour. Et le logement.
Et le poli des viscères, la couleur
Qui plait aux dieux et porte bonheur
Et du lobe du foie bigarré
La belle conformation, et j'ai fait brûler en sacrifice
Des membres enveloppés de graisse et un large
Croupion, enseignant aux mortels l'art délicat
De mystifier les dieux.
Et les signes de la flamme étincelante
Inconnus jusqu'alors, je les ai interprétés.
Voici ce qu'il en est. Et les trésors
De la croûte terrestre dissimulés aux humains
Le minerai, le fer, l'argent, l'or
Qui les a nommés avant que je les découvre ?
Personne, je le sais, à moins qu'il ne veuille
[fanfaronner.
En résumé donc :
Les humains tiennent de Prométhée tous les arts.
CHŒUR : Ne les aide plus, le temps en est passé
Ne te néglige pas, malheureux.
J'ai bon espoir que de ces liens
Tu seras délivré et que tu ne seras pas moins
Puissant que Zeus.
PROMÉTHÉE : Il n'est pas mis de terme
A ma peine, c'est courbé par des souffrances

Et des douleurs sans nombre que je serai délivré
[de ces chaînes.
L'art est plus faible que la coercition.
CHŒUR : Qui est au gouvernail de la coercition ?
PROMÉTHÉE : Les Moires, triples, et les Erinyes
[qui se souviennent.
CHŒUR : Zeus est donc plus faible qu'elles.
PROMÉTHÉE : Lui non plus ne devrait pas échapper
[à ce qui est prévu.
CHŒUR : Qu'y a-t-il de prévu pour Zeus sinon son
[règne éternel ?
PROMÉTHÉE : Tu n'en sauras rien. N'insiste pas.
CHŒUR : Serait-ce une chose sacrée que tu tiens
[enveloppée ?
PROMÉTHÉE : Change de discours. Il n'est pas temps
Pour celui-là. Il me faut la garder enveloppée
Le mieux possible. Car c'est en la gardant
Que j'échapperai à ces liens indignes.
CHŒUR : Que jamais Zeus le tout-puissant
N'emploie sa force contre moi, et jamais je ne
[cesserai
D'approcher les dieux
Par des sacrifices, égorgeant des bœufs
Dans le sillage indestructible de mon père
Océanos, ni ne les offenserai en paroles
Que tout ceci au contraire demeure en moi et ne
[s'efface jamais.
Qu'il est doux de tendre avec un fol espoir l'arc
D'une longue vie, le cœur gros
D'une ardeur radieuse. Je tressaille en te voyant
Battu de mille tourments. Ne tremblant pas devant
[Zeus

N'écoutant que ton idée, tu honores
Trop les mortels, Prométhée.
Vois comme la gratitude est ingrate.
Dis-le, ami, qui te vient en aide ?
Quelle assistance des éphémères ? Ne la vois-tu
[pas
Désemparée, vouée à l'impuissance, semblable au
[rêve
L'aveugle race de ceux qui meurent ?
L'ordre établi par Zeus jamais
Ne sera outrepassé par leurs desseins.
Cela je l'ai appris, Prométhée, en contemplant
Ton sort pitoyable. Combien différent
Le chant que j'entonnais joyeusement à tes noces
Autour de ton bain et de ton lit nuptial
Lorsqu'à mon père, gagnée par tes présents
Tu enlevas Hésione, ma sœur, ton épouse
La compagne de ton lit.

Io.

Io : Quel pays ? Quel peuple ? Qui dois-je dire que
[je vois sous le harnais de roc,
Exposé aux intempéries ? Quelle faute
Expie-t-il ? Indique-moi en quel point
De la terre j'ai échoué, accablée.
Aïa, eïe, de nouveau me pique
Infortunée l'aiguillon de ce taon
Spectre d'Argos engendré par la Terre
Que je fuis, aïa
Bouvier aux yeux innombrables, je le vois
Qui s'avance l'œil rusé, gardien géant
D'Héra, que même mort la terre

Ne retient pas, même mort. Surgissant
Du monde souterrain il me pourchasse, infortunée,
[et me harcèle
Affamée, le long des sables marins.
Et avec cela le roseau de cire
Et son assoupissante mélodie, ia io popoi
Où me conduisent-elles ces
Lointaines tribulations ? En quoi m'as-tu jamais
Fils de Cronos, en quoi m'as-tu jamais trouvée
Sacrilège pour m'atteler à de tels
Tourments, eïe, en proie aux terribles
Piqûres du taon, pourquoi m'effrayes-tu, moi
Folle infortunée ? Brûle-moi
Par le feu, ou cache-moi sous la terre, ou donne-
[moi en pâture
Aux mâchoires de la mer. Mais ne sois pas jaloux
[de mes prières, Maître.
Suffisamment m'ont éprouvée mes longues tri-
[bulations
Et je ne puis plus apprendre
A me soustraire à mes souffrances. Entends-tu
Le cri de la vierge aux cornes de vache ?
PROMÉTHÉE : Comment ne pas entendre la jeune
[fille
Harcelée sans répit par le dard, la fille d'Inachos ?
[Qui a échauffé d'amour le cœur de Zeus
Et découvre à présent les chemins
Combien longs de la haine d'Héra.
IO : D'où sais-tu de mon père
Le nom, dis à la malheureuse que je suis qui
Tu es, toi qui dans la douleur à moi dans la
[douleur adresse

Des paroles si exactes, nommant la maladie
[envoyée
Par ce Dieu qui me met la chair à vif sous
[l'aiguillon, de-ci de-là
Pourchassée, eïe, emportée par bonds féroces
Dans les sévices de la faim, sous la contrainte
[d'Héra
Je suis venue.
Qui parmi les malheureux, eïe
Endure ce que je souffre ? Mais indique-moi clai-
[rement
Quelles souffrances m'attendent, quels secours,
[quel remède à cette maladie,
Si toutefois tu sais. Dis, parle
A l'infortunée vierge errante.
PROMÉTHÉE : Je te dirai, en sorte que tu entendes
Ce que tu veux apprendre, tout, sans y mettre
D'énigmes, dans un langage sans détour
Comme il convient d'ouvrir la bouche avec des
[amis.
Celui qui fit don du feu aux mortels, tu le vois,
[Prométhée.
IO : O bienfaiteur de la communauté des mortels
Intrépide Prométhée, pour quel motif
Ce châtiment ?
PROMÉTHÉE : Je viens à l'instant de cesser
De m'en plaindre.
IO : Cette faveur, tu ne me l'accordes donc pas ?
PROMÉTHÉE : Que demandes-tu. De moi tu peux
[tout apprendre.
IO : Dis-moi qui t'a enchaîné à ce précipice.

PROMÉTHÉE : La volonté de Zeus et la main [d'Héphaistos.
IO : De quelle faute subis-tu le châtiment ?
PROMÉTHÉE : Ce que j'ai dit devrait suffire.
IO : Indique-moi aussi le terme de mes tribulations.
Quand serai-je délivrée du fardeau de mes [épreuves ?
PROMÉTHÉE : Il vaudrait mieux que tu ne le saches [pas.
IO : Ne me dissimule pas ce que je vais encore [souffrir.
PROMÉTHÉE : Un cadeau que je ne te jalouse pas.
IO : Pourquoi tergiverser et ne pas dire le tout ?
PROMÉTHÉE : Certes pas par envie. Je crains de [t'effrayer.
IO : Ne t'en soucie pas. Cela me sera doux.
PROMÉTHÉE : Puisque tu l'exiges, il faut parler. [Ecoute.
CHŒUR : Pas encore. Fais en sorte que j'aie part à [ce plaisir.
Tout d'abord qu'elle-même nous apprenne son [infortune
Qu'elle nous raconte les vicissitudes
De son sort. Et qu'ensuite, le reste de ses épreuves
Elle l'apprenne de toi.
PROMÉTHÉE : A toi, Io, à toi
De leur accorder ce plaisir, elles sont les sœurs
De ton père, et pleurer et se lamenter
Sur son sort, lorsqu'on obtient les larmes
De qui écoute, n'est pas perte de temps.
IO : Dois-je ne pas vous obéir ? Je ne saurais,
Et dans un langage clair apprenez à présent

Tout ce que vous souhaitez. Pourtant lorsque j'en
[parle
J'ai honte du tourbillon divin et de ce corps
Funeste, le mien, qui s'est abattu sur moi, malheu-
[reuse.
Des visions nocturnes sans cesse se glissaient
Dans ma chambre virginale et m'adressaient
De lestes conseils : « Bienheureuse jeune fille
Pourquoi demeurer vierge quand te sont offertes
Les noces, les plus prestigieuses ? Zeus, atteint
Par le projectile du désir de toi, est échauffé et
[veut avec toi
La jouissance. Ne repousse pas, jeune fille, le lit
De Zeus, va dans la vaste plaine
De Lerne, où sont les prairies et les étables de ton
[père
Afin que de son envie le regard de Zeus soit sou-
[lagé. »
De tels rêves, chaque nuit
Me tenaient compagnie, malheureuse, jusqu'à ce
[que j'ose
Annoncer à mon père ces nocturnes
Apparitions, ces rêves.
Lui, à Pythô et Dodone envoie
Consulter l'oracle, à maintes reprises, afin d'ap-
[prendre
Que faire ou dire pour être agréable aux dieux.
Et les messagers s'en reviennent rapportant paroles
[en l'air
Oracles obscurs et formules indéchiffrables.
Une parole intelligible enfin

Vint à Inachos, clairement, lui annonçant, lui [ordonnant
De me mettre à la porte de sa maison, de sa pro- [priété.
Et que s'il refusait il attirerait la foudre
De Zeus qui anéantirait sa race.
Lui, obéissant aux paroles de Loxias
Malgré lui me chasse malgré moi
Et me ferme sa demeure, Zeus tenait les rênes
Et par la contrainte le forçait d'agir.
Mon corps aussitôt et mon esprit
S'altèrent. Encornée, comme vous voyez, taraudée [par ce taon
A la morsure acérée, d'un bond furieux je m'élance
Vers les eaux limpides de Kherkhné
Et la source de Lerne. J'avais pour gardien
Argos, indomptable dans son courroux. Qui me [suivait
De ses yeux innombrables scrutant mes traces. Une [mort
Inattendue, soudain, lui déroba la vie.
Rendue furieuse par le taon, fléau
Divin, moi, je cours de pays en pays.
Voilà ce qui est arrivé. Si tu sais
De mes souffrances le reste, parle et ne va pas [me bercer
De trompeuses paroles de réconfort. De toutes les [maladies
C'est la plus infâme.

Chœur : Eha, éha, arrête, arrête.
Jamais, jamais je n'ai souhaité que viennent

A mon oreille de si étranges paroles, souffrances,
[injures
Visions si insoutenables, si insupportables. L'épou-
[vante
A double pointe me glace le cœur. Oh Destinée
Je frémis en voyant, Io, la tienne.
PROMÉTHÉE : Trop tôt tu gémis, et tu t'emplis de
[crainte
Trop tôt. Retiens-toi, attends de savoir le reste.
CHŒUR : Parle, dit le tout. Il est doux aux malheu-
[reux
De connaître exactement la douleur qui reste.
PROMÉTHÉE : Jusqu'ici, ce que vous vouliez, vous
[l'avez obtenu de moi
Sans peine, apprenant d'elle-même le récit de ses
[malheurs.
Ecoutez le reste à présent, quelles souffrances
De par Héra doit endurer cette fille.
Et toi, semence d'Inachos, mes paroles
Retourne-les dans ton cœur afin de connaître le
[terme de ta route.
Partant d'ici, tu te tourneras vers le Levant
Et traverseras des terres non labourées.
Tu arriveras chez les Scythes, des nomades, qui
[habitent des tentes tressées
Sur des chariots aux belles roues rondes et sont
[armés d'arcs
Qui portent loin.
Ne t'approche pas d'eux, mais longe de la mer
Le ressac gémissant et traverse le pays.
A main gauche habitent les métallurgistes
Les Chalybes, dont tu dois te garder

Car ils sont incultes et d'un abord inhospitalier.
Tu arriveras jusqu'au fleuve Hybristès qui porte
[bien son nom
Ne le franchis pas, il n'est pas bon que tu le fran-
[chisses
Avant que tu parviennes au Caucase,
La plus haute de toutes les montagnes,
Là où de ses tempes jaillit le fleuve.
Il te faudra escalader les crêtes
Voisines des astres et suivre le chemin
Du midi, là tu rencontreras l'armée des Amazones
Qui haïssent les hommes, elles fonderont Thé-
[miskra
Un jour sur les bords du Thermodon, là où
S'ouvre sur la mer la mâchoire de Salmydesse,
Hostile aux marins, la marâtre des vaisseaux.
Elles te guideront sur ton chemin, et de bon cœur.
Et tu arriveras à l'isthme cimmérien où se resser-
[rent les portes
Du détroit qu'il te faudra hardiment
Passer, quittant la baie de Méotis.
Ton passage à tout jamais chez les mortels
Sera célèbre, nommé à juste titre
Le pas-de-la-vache. Quittant le sol de l'Europe
Tu arriveras dans l'incommensurable Asie. Ne
[trouvez-vous pas
Le tyran des dieux brutal dans tous ses actes ?
Voulant s'unir à cette mortelle, lui, un dieu
Lui infliger de telles tribulations !
Tu as choisi là, jeune fille, pour tes noces
Un amer prétendant. Car ce que tu viens d'en-
[tendre

N'est pour toi pas même le prologue.
IO : Oh, moi, moi, ah.
PROMÉTHÉE : De nouveau tu meugles, tu soupires.
[Que feras-tu
Quand tu sauras le reste de tes souffrances.
CHŒUR : Quel reste de souffrances as-tu à lui annon-
[cer ?
PROMÉTHÉE : Douleurs et calamités, une mer
[furieuse.
IO : A quoi bon vivre alors ? Pourquoi ne pas me
[précipiter
Tout de suite de ce roc escarpé
Pour, jetée à terre, être délivrée
De tous mes maux ? Mieux vaut mourir une fois
Qu'endurer chaque jour le pire.
PROMÉTHÉE : Tu aurais du mal en effet à supporter
Mes peines, moi je ne puis mourir.
Car de mes souffrances alors je serais délivré.
Mais à présent pas de terme à mes souffrances
Aussi longtemps que Zeus n'est pas déchu de son
[règne.
IO : De son règne, Zeus déchu ? Cela se peut ?
[Quand ?
PROMÉTHÉE : Tu aurais plaisir, j'imagine, à voir ça.
IO : Comment non, moi qui de Zeus endure le pire ?
PROMÉTHÉE : Apprends donc que cela sera.
IO : Qui lui ravira le sceptre du tyran ?
PROMÉTHÉE : Ses propres décisions, creuses, dépour-
[vues de raison.
IO : De quelle façon ? Dis-le, s'il n'y a pas de dom-
[mage.
PROMÉTHÉE : Il fera un mariage dont il se repentira.

Io : Divin ou mortel ? Cela peut-il se dire ? Dis-le.
Prométhée : A quoi bon. Cela ne peut se dire. Pas [de nom.
Io : C'est par une femme qu'il sera expulsé du [trône ?
Prométhée : Celui qu'elle enfantera sera plus fort [que son père.
Io : Et il n'est pas en son pouvoir de parer à ce [destin ?
Prométhée : Non. Sauf si je suis délié de ces liens.
Io : Qui donc te délivrera contre la volonté de Zeus ?
Prométhée : Quelqu'un de ta descendance, l'un des [tiens.
Io : Mon fils, dis-tu, te délivrera de tes maux ?
Prométhée : A la troisième génération outre les dix [premières.
Io : Voilà un oracle qui devient difficile à deviner.
Prométhée : Et renonce aussi à apprendre tes pro- [pres souffrances.
Io : N'étends pas devant moi un bienfait pour me [l'ôter ensuite.
Prométhée : De deux discours je t'accorde l'un.
Io : Lesquels ? Montre-les et donne-moi le choix.
Prométhée : Je le donne. Choisis, que dois-je dire, [le reste
De tes souffrances, clairement, ou bien qui me [libérera.
Chœur : Accorde l'un à elle et l'autre à moi
Et ne dédaigne pas de parler
Dis-lui clairement le reste de ses tribulations
Et à moi, qui te libérera. C'est mon désir.

PROMÉTHÉE : Puisque c'est votre désir, je ne serai
[pas contre
Et je vous dirai tout, ce que vous voulez.
A toi d'abord, Io, tes longues tribulations loin-
[taines.
Inscris-les sur les tablettes de ta mémoire.
Quand tu auras franchi le fleuve frontière des
[continents
Va vers le flamboyant lever du soleil,
Traverse la mer tumultueuse, jusqu'à ce que tu
[atteignes
Les plaines gorgonéennes de Kisthène, où
Demeurent les Phorcides, jeunes filles à la longue
[vie
Trois, au corps de cygne, qui ont en commun un
[œil
Une seule dent, que le soleil jamais ne regarde
De ses rayons, ni jamais la lune nocturne.
Proches et sœurs de celles-ci, trois Gorgones
Ailées, à chevelure de serpents, hostiles aux hom-
[mes
Aucun mortel ne peut les voir sans perdre le souf-
[fle.
Je te le dis à titre d'avertissement.
Mais voici un autre spectacle pénible.
Garde-toi des chiens de Zeus, les griffons muets
A la gueule acérée, et de l'armée monoculaire
Des Arimaspes aux chevaux rapides qui habitent
Sur les bords du fleuve Pluton, gorgé d'or.
Ne les approche pas. Et tu arriveras
Au lointain pays d'une peuplade noire

Près des sources du soleil, là se trouve aussi le
[fleuve Aithiops.
Longe ses rives, jusqu'à ce que tu en viennes
A la Descente, là où du haut des monts de Byblos
Le Nil précipite ses flots sacrés et salutaires.
Lui te conduira jusqu'au triangle de terre
De Neilotis, où il t'incombera, Io
Ainsi qu'à tes enfants, de fonder une grande colo-
[nie.
Si quelque chose t'est obscur, d'un repérage diffi-
[cile
Renouvelle ta question et apprends-le de moi,
[clairement.
J'ai le temps, plus que je ne voudrais.
CHŒUR : S'il te reste à dire, ou si tu as omis
Quelque chose de ses tribulations destructrices
Parle. Et si tu as tout dit, à notre tour
Accorde-nous la faveur que nous t'avons deman-
[dée. Tu t'en souviens.
PROMÉTHÉE : Elle a de son voyage entendu toutes
[les circonstances.
Afin qu'elle sache qu'elle n'a pas écouté en vain
Je vais, pour preuve de mes paroles, dire
Les souffrances qu'elle a endurées auparavant.
Laissant de côté le plus gros du récit
J'en viens à tes dernières tribulations.
Quand tu arrivas au pays plat des Molosses
Sur les hauteurs près de Dodone, où
Siège l'oracle de Zeus Thesprôte
Et cet incroyable prodige, les chênes qui parlent
Ceux-ci, en langage clair et sans énigmes
S'adressèrent à toi comme à la célèbre

Future bien-aimée de Zeus, n'y a-t-il là rien qui te
[caresse ?
Alors, prise de furie, le long de la plage
Tu t'es ruée vers la grande baie de Rhéa
Où une tempête en pleine course te fit rebrousser
[chemin.
Dans les temps futurs, sache-le
Cette mer sera dite Ionienne
En commémoration de ton voyage pour tous les
[mortels.
Que ceci te soit le signe de ma prévoyance
Qui aperçoit plus que ce qui apparaît.
Le reste, à vous comme à elle, en commun, je le dis
Retrouvant la trace de mon ancien récit.
Il est une cité, Canope, à l'extrémité de la terre
A l'embouchure, sur les alluvions du Nil.
Là, Zeus, t'imposant une main légère
Te rendra la raison par simple attouchement.
Ainsi nommé pour avoir été ainsi conçu
Par attouchement, tu enfanteras
Le sombre Epaphos qui récoltera les moissons
Aussi loin que le large Nil abreuve la terre.
Cinquième après lui, une génération de cinquante
[filles
Malgré elle, s'en retournera en Argos
Fuyant des noces de même sang
Avec leurs cousins. Lesquels, pris de frénésie
Eperviers ne renonçant pas aux colombes
S'en viendront, chasseurs de noces qu'il est inter-
[dit de pourchasser.
Mais un dieu leur jalousera les corps des filles
Et la terre, Pélasgia, les recouvrira vaincus

Par un Arès meurtrier, et femelle, d'une vigilante
[audace nocturne.
Car chaque femme à chaque homme ôtera la vie
Leur plongeant dans la gorge un poignard à double
[tranchant.
Je souhaite à mes ennemis de pareilles amours.
Seule une des filles, échauffée par le désir
Refusera de tuer son compagnon de lit, sera faible
Dans sa résolution. De deux choses l'une, préférant
Qu'on la dise lâche plutôt que criminelle.
Celle-ci, pour Argos, engendrera une lignée royale.
Un long discours serait nécessaire pour tout racon-
[ter.
De cette semence croîtra l'audacieux
Qui sera célèbre par son arc et de ces souffrances
Me délivrera. Cet oracle, ma mère me l'a raconté
La sœur des Titans, Thémis, née il y a bien long-
[temps.
Dire quand et comment nécessiterait un long dis-
[cours
Et l'apprenant, tu n'y gagnerais rien.
Io : Elelelelelelelеu
De nouveau en-dessous me saisissent
Tressaillement et rage, délire des sens, et sur ma
[chair
L'aiguillon du taon que nul feu n'a forgé, mon
[cœur d'angoisse
Se rue contre l'entendement, mes yeux dans un
[tourbillon
Sont emportés, roulent. De mon chemin
Je suis arrachée par la fureur, souffle de rage, ne
[maîtrisant plus

Ma voix, mes paroles au hasard
Frappent sourdement l'effroyable vague de l'aveu-
[glement.
Elle sort.
CHŒUR : Avisé, oui avisé
Fut celui qui le premier soupesa et déclara
Que s'allier selon soi est de loin le mieux
Et qu'une besogneuse ne doit convoiter de noces
Ni avec ceux qui sont infatués de leurs richesses
Ni avec ceux qui se rengorgent de leurs origines.
Que jamais, O jamais
Moires, vous ne me voyiez
Partager le lit de Zeus
Et que jamais je n'approche
L'un de ces époux qui habitent le ciel. Car je suis
[prise d'effroi contemplant le mariage
D'Io dont la virginité n'aime pas
Le mâle, Io déchirée par Héra
Dans ce vagabondage errant infortuné.
Des épousailles à ma mesure
Ne m'effraient pas. Mais que jamais ne se pose sur
[moi
L'amour des dieux plus puissants, le regard qu'on
[ne fuit pas.
Combat sans combat, chemin sans issue, et je ne
[sais
Ce que je deviendrais, ne sachant
Comment échapper à Zeus.
PROMÉTHÉE : Il y a aussi que Zeus, bien qu'il soit
[suffisant
Sera humilié. Car il se prépare à conclure
Un hymen qui, à l'improviste

Le chassera du trône de la souveraineté. Alors
S'accomplira tout à fait de Cronos, le père, la
[prophétie
Celle qu'il fit en tombant de son trône durable.
Le moyen de conjurer cette catastrophe, excepté
[par moi
Ne peut lui être indiqué clairement par aucun
[dieu.
Je le connais, je sais la manière. Qu'il siège donc
En toute sécurité, qu'il règne avec son tonnerre
Arrogant, et que sans crainte
Il brandisse en ses mains son projectile au souffle
[de feu
Cela ne l'empêchera pas de choir
Déshonoré, d'une chute irrésistible.
Il se prépare lui-même à lui-même
Un adversaire, un prodige malaisé à combattre
Qui trouvera un meilleur éclair que la foudre
Un fracas plus puissant que le tonnerre
Et fera voler en éclats l'arme à trois pointes
Qui ébranle terre et mer, le trident de Poséidon.
En se heurtant à cette infortune il apprendra
Combien régner et être esclave sont choses dis-
[tinctes.

CHŒUR : Ton oracle tu le dis pour faire insulte à
[Zeus.

PROMÉTHÉE : Je dis ce qui sera, et que je désire.

CHŒUR : Ainsi nous devrions nous attendre à ce que
[Zeus trouve un maître ?

PROMÉTHÉE : Duquel il endurera des maux plus
[pénibles que ceux-ci.

CHŒUR : Lançant de telles imprécations, tu ne trem-
[bles pas ?
PROMÉTHÉE : Que pourrais-je craindre, la mort n'est
[pas mon lot.
CHŒUR : Et s'il te préparait un tourment pire que
[celui-ci ?
PROMÉTHÉE : Qu'il le fasse. A tout je m'attends.
CHŒUR : Etre avisé suppose que l'on s'incline devant
[l'inévitable.
PROMÉTHÉE : Eh bien vénère, implore, parle selon
[cœur du puissant du jour.
Je me soucie de Zeus comme de moins que rien.
A sa guise, qu'il règne ce bref instant
Qu'il fasse ce qu'il veut. Son règne sur les dieux
[ne sera pas long.
Mais j'aperçois le messager de Zeus
Le valet du nouveau tyran
Quelle nouvelle apporte-t-il ?
Hermès
HERMÈS : Toi le si malin, le hargneux si amer
Qui offense les dieux en donnant leurs honneurs
Aux créatures d'un jour, le voleur du feu, c'est
[à toi que je m'adresse.
Le père commande que tu le dises, quel est-il
Cet hymen dont tu fais des gorges chaudes
Qui le fera chuter du pouvoir
Et cela sans faire d'énigmes
Mais en disant chaque chose, et sans m'indiquer
Prométhée, un double chemin. Tu le vois
Ce n'est pas ainsi que l'on se concilie Zeus.
PROMÉTHÉE : Pleines d'importance et venant d'une
[grande gueule

Tes paroles sont dignes du messager des dieux.
Vous êtes jeunes et régnez depuis peu et croyez
Etre en une citadelle à l'abri de la souffrance.
[N'ai-je pas déjà
Vu la chute de deux maîtres ?
La troisième aussi, le maître d'à présent, je le
[verrai
Plus honteusement encore et plus soudainement.
[A ton avis
Pourquoi devrais-je trembler et ramper devant de
[jeunes dieux ?
Il s'en faut de beaucoup, du tout au tout. Et toi
Le chemin que tu as fait, refais-le en sens inverse.
Tu n'apprendras rien de ce que tu veux savoir.
HERMÈS : C'est par de telles insolences que tu t'es,
[toi-même,
Arrimé à cette souffrance.
PROMÉTHÉE : Sache-le, je n'échangerais pas
Mon malheur contre ton emploi.
HERMÈS : Il vaut mieux, je pense, être au service
[d'un rocher qu'être
Pour Zeus, le Père, un fidèle messager.
PROMÉTHÉE : Ton outrecuidance ne sera pas toujours
[aussi abrupte.
HERMÈS : Tu es fier de ta situation présente ?
PROMÉTHÉE : Fier ? J'aimerais qu'un jour
Mes ennemis soient aussi fiers. Et tu es du nombre.
HERMÈS : Alors moi aussi tu m'incrimines ?
PROMÉTHÉE : En un mot, je hais tous les dieux
Ils ont reçu de moi des bienfaits et les ont payés
[d'injustice.

HERMÈS : Je te vois plein de fureur, ce n'est pas une [petite maladie.
PROMÉTHÉE : Je suis malade. Si haïr ses ennemis [est une maladie.
HERMÈS : Tu serais insupportable si tout allait bien [pour toi.
PROMÉTHÉE : Oimoi.
HERMÈS : Voilà un mot que Zeus ne connaît pas.
PROMÉTHÉE : Le temps en vieillissant enseignera [tout.
HERMÈS : Et toi tu n'apprendras jamais à devenir [avisé.
PROMÉTHÉE : En effet, je ne devrais même pas te [parler tu n'es qu'un serviteur.
HERMÈS : Tu te moques, comme si j'étais un enfant.
PROMÉTHÉE : N'es-tu pas un enfant, et non des plus [éveillés
Si tu t'attends à apprendre de moi quelque chose ?
Ni mauvais traitements, ni ruses, il n'est rien
Par quoi Zeus puisse m'amener à le lui dire
Avant qu'il dénoue ces liens dégradants.
Qu'il lâche sur moi la flamme de la foudre
Et la neige aux ailes blanches et les tonnerres
Souterrains, que tout il bouleverse et répande la [terreur
Il ne m'amènera pas à lui dire
Par qui il sera déchu de son règne.
HERMÈS : A toi de voir si cela t'est de quelque [secours.
PROMÉTHÉE : C'est tout vu, et délibéré, depuis long-[temps.
HERMÈS : Ose donc, imbécile, ose.

Considérer le présent comme il convient.
PROMÉTHÉE : Tu fais en vain du bruit à mes oreilles,
[tu agites les vagues.
Ne va surtout pas te mettre en l'esprit, que par
[crainte
De l'opinion de Zeus, je deviendrais d'esprit
[femelle
Et me mettrais à cajoler qui je hais
Avec des torsions de mains imitant celles des
[femmes
Pour être délié de ces liens. Je n'en ai cure.
HERMÈS : Je parle et sans doute ai-je l'air de parler
[en vain
Tu ne te laisses pas ébranler et tu n'es pas adouci
Par mes prières. Prenant le mors aux dents comme
[un poulain
Qui découvre le joug, tu es rétif, tu luttes contre
[les rênes
Mais tu fais grand cas d'une faible ruse.
Car l'arrogance, chez qui ne pense pas bien
En force équivaut à moins que rien.
Regarde, vois, puisque tu ne m'écoutes pas
La tempête d'hiver et le déferlement des souf-
[frances
Vont te convaincre inéluctablement, les pentes à
[pic
Le Père va les déchiqueter par le tonnerre
Et l'éclair de la foudre, et l'épouvantail, toi
Il l'enfouira, et le repli du rocher t'emportera vers
[le haut
Puis vers le bas.
Après qu'un long temps se soit écoulé

A nouveau tu reparaîtras dans la lumière rayon-
[nante, et le chien ailé
De Zeus, son aigle tout sanglant, vorace
Déchirera de grands lambeaux de ton corps
Convive indésirable, à longueur de journée
Il dévorera toute entière la chair noire de ton foie.
Tu n'auras pas de terme à tes souffrances
Avant qu'un dieu ne se soit présenté, successeur
De tes souffrances, volontaire pour descendre
Dans le sombre Hadès et l'abîme obscur du Tar-
[tare.
Attends-le ! Ce que je dis n'est pas vantardise
Mais paroles claires et nettes.
Car la bouche de Zeus ne saurait mentir
Elle accomplit chaque mot. Quant à toi
Songes-y, et réfléchis, ne t'imagine pas
Que l'arrogance soit préférable à un bon conseil.
CHŒUR : Ce discours d'Hermès, à notre avis
N'est pas inopportun. Il t'engage à bannir
L'arrogance et à prendre meilleur conseil.
Ecoute-le ! Car, pour un sage, c'est une honte de
[faillir.
PROMÉTHÉE : Il m'a aboyé son message
A moi qui sais tout cela. Qu'un ennemi
Soit maltraité par ses ennemis, c'est tout naturel.
Que soit en outre lâchée sur moi
La torsade de feu à double pointe, que le ciel
Soit irrité par le tonnerre et le tressaillement
Des vents sauvages, que la terre soit
Par la tempête arrachée à ses fondements jusqu'à
[la racine
Que la houle de la mer, soulevée

Se mêle aux trajectoires célestes
Des astres, et que mon corps disloqué
Soit précipité dans le sombre Tartare
Emporté par le tourbillon inflexible de la
[contrainte :
Il ne me fera pas mourir tout à fait.
HERMÈS : Voilà bien paroles et pensées
D'un être ébranlé dans sa raison.
Que lui manque-t-il pour être en plein délire ?
Voit-on que dans son intérêt sa fureur se relâche ?
[Non.
Mais vous qui compatissez à ses souffrances
Les siennes, éloignez-vous
Partez d'ici,
De peur que le tonnerre qui rugit, irréconciliable
Ne plonge vos esprits dans stupidité.
CHŒUR : Parle-moi autrement et sur un autre ton
Si tu veux me convaincre. A ton discours s'est
[mêlé
Un mot qui ne m'est pas tolérable. Comment,
Tu m'engages à commettre une vilenie ?
Ce qu'il faudra, avec lui je l'endurerai.
Car j'ai appris à haïr ceux qui trahissent
Et il n'est pas de maladie
Qui mérite plus mon crachat.
HERMÈS : Rappelez-vous ce que je prédis :
N'allez pas, en proie à l'aveuglement, accuser le
[destin
Ni dire jamais que Zeus vous a précipité
Dans des souffrances imprévisibles. Mais bel et
[bien vous-mêmes.

Car étant averties ce n'est ni par surprise ni à votre
[insu
Que vous vous enfoncez dans l'inextricable brous-
[saille
De l'aveuglement, le sien, par sottise.
PROMÉTHÉE : A présent c'est en actes et non plus
[en paroles
Que la terre est ébranlée.
L'écho grondant du tonnerre rugit, et brûlants
[jaillissent
Les zigzags, rayons brisés de l'éclair, et les tour-
[billons
Soulèvent la poussière. Tous les vents
En rafales se ruent l'un contre l'autre, rebelles
Et le ciel et la mer
Ensemble sont ébranlés.
Cette avalanche c'est Zeus qui me l'envoie
Sans doute veut-il m'épouvanter.
O très sainte mère, ciel
Tournoyante lumière commune à tous
Vois comme j'endure l'injustice.

Vie de Gundling Frédéric de Prusse Sommeil Rêve Cri de Lessing

Conte noir

traduit de l'allemand par
Jean Jourdheuil et Heinz Schwarzinger

VIE DE GUNDLING

Jardin à Potsdam. Tablée. Friedrich Wilhelm avec le petit Frédéric en lieutenant, officiers, Gundling. Bière et tabac. Lune.

GUNDLING : ... et éclaire la sagesse de la mesure arrêtée par Sa Majesté, concernant l'interdiction des journaux étrangers sur le territoire de Sa Majesté, du seul fait déjà que le monde, ayant été créé par un Dieu, ne peut avoir qu'un seul centre, lequel situé en Prusse, pour ainsi dire sauf votre respect sous le royal postérieur de Sa Gracieuse Majesté, Friedrich Wilhelm par la grâce de Dieu.
Friedrich Wilhelm pète. Frédéric se bouche ostensiblement le nez.

GUNDLING : Ainsi Dieu a-t-il créé le monde. Lequel tout d'abord à l'état gazeux.

FRÉDÉRIC : Il pue encore.

FRIEDRICH WILHELM : Que se permet-il, le goujat. Je lui apprendrai les manières, sale petit Français. Faire le dégoûté devant les pets de son père ! N'a-t-il aucun esprit de famille. Il n'est pas à Versailles où tout va sens dessus dessous. Ai-je pris des airs hautains quand il baignait dans sa merde ? Un Prussien honore sa famille envers et contre tout. Qu'il se tienne droit. Et les mains, sur la table. Est-il encore en train de tripoter sa

culotte. Les mains du soldat, sur la couture du pantalon, à table, sur la table.
Frédéric se croise les bras sur la poitrine.
Est-il en train de cacher sa flûte, la canaille. *Arrache à Frédéric la flûte de l'uniforme, la casse sur son genou.* Il obtient le poste, Gundling, 200 taler par an, il est patriote. Est-ce qu'il arrose sa charge ? J'ai un peuple à nourrir, il me faut être pingre. Je me suis fendu de 200 taler par an pour lui, par amour de la science.
Gundling met parcimonieusement de l'argent sur la table. Des valets apportent de la bière.
Au nouveau président de l'Académie royale, Jakob Paul baron de Gundling.
Friedrich Wilhelm, officiers, Gundling boivent.

OFFICIER : Est-ce qu'il n'a qu'un seul titre, Gundling ?

GUNDLING *met parcimonieusement de l'argent sur la table* : Je voudrais n'en avoir aucun.
Bière. Officiers boivent.

OFFICIER 2 : C'était le conseiller à la Cour de cassation. Qu'en est-il du maître des cérémonies.

OFFICIER 3 : Et du conseiller à la Cour d'appel.

OFFICIER 4 : Et du conseiller privé.
Friedrich Wilhelm rit. Gundling vide ses poches sur la table, etc.

OFFICIER 1 : Gundling, qui est-ce qui l'a fait cocu.

OFFICIER 2 : Sa femme lui a-t-elle passé un savon parce qu'il était encore saoul.

GUNDLING : Le sort des sages, messieurs. Je vous rappelle seulement Socrate, le père de la philosophie.

OFFICIER 1 : C'est donc son père qui l'a fait cocu.
Friedrich Wilhelm bouche les oreilles de Frédéric.
OFFICIER 2 : Mieux vaut le père le fils que le fils le père.
Officiers rient.
OFFICIER 3 : Qui n'honore pas son père ne mérite pas sa mère.
Officiers rient.
OFFICIER 4 : Gundling, nous avons un cadeau pour lui. Est-il un homme ?
GUNDLING *se lève en titubant, porte la main à sa braguette* : Je peux le prouver.
OFFICIER 1 : La voici, sa preuve.
Entre un ours. Ses pattes sont rognées, ses dents brisées. Gundling court autour de la table, l'ours le poursuit. Les officiers arrêtent Gundling avec leurs épées. L'ours enlace Gundling.
OFFICIER 2 : La fiancée a du tempérament.
OFFICIER 3 : Une peau de lait et de sang.
OFFICIER 4 : L'étreinte est-elle à son goût ?
FRÉDÉRIC, *plein d'espoir* : Va-t-il le déchirer, papa ?
FRIEDRICH WILHELM *rit* : Que ce soit un exemple pour lui, de ce qu'il convient de penser des intellectuels. Et de l'art du gouvernement qu'il lui faudra apprendre quand je m'en irai vers mon Dieu, comme dit l'aumônier de la Cour, ou vers mon néant. Au peuple, cette bête, lui rogner les pattes, et lui briser les dents. L'intelligence, la tourner en ridicule, afin que la populace n'aille pas se faire des idées. Qu'il se rentre ça dans le crâne, le pantouflard, avec son bataclan de houpettes à poudre et de tragédies. Je veux qu'il

devienne un homme. Il se ronge de nouveau les ongles ? Je lui apprendrai.

Gundling tombe sur le dos après l'étreinte. L'ours s'incline, est emmené au bout d'une chaîne par des valets.

GUNDLING, *sur le dos* : Je voudrais être étendu sur le fumier derrière la grange de mon père.

Officiers rient.

En Angleterre j'ai disputé en latin avec des archevêques.

OH WHAT A NOBLE MIND IS HERE O'ERTHROWN

Officiers rient.

Contemplez, messieurs les étudiants, la majesté du firmament. Et que cela vous soit une consolation : ça aussi ça passera. L'homme est un hasard, une tumeur maligne. Et ce que nous nommons vie, messieurs Vos Majestés, est quelque chose comme la rougeole, une maladie infantile de l'univers dont la véritable existence la mort, le néant, le vide. En avant, la Prusse !

FRIEDRICH WILHELM, *sévère* : Gundling, a-t-il de nouveau des idées.

OFFICIER 1 : C'est le délirium.

OFFICIER 2 : Je vais lui verser à boire.

OFFICIER 3 : Dommage pour la bière. — C'est les pompiers.

Officiers pissent sur Gundling.

OFFICIER 4 : Nectar et ambroisie. Le Seigneur visite les siens dans leur sommeil.

FRIEDRICH WILHELM, *à Frédéric* : Eh bien, prince, il n'en a pas une lui aussi ?

FRÉDÉRIC : Je ne peux pas, papa.

FRIEDRICH WILHELM : Ha. Un officier prussien, et ça ne peut pas pisser quand son roi l'ordonne. Est-il un homme ? Dégradez ce garnement. Et déboutonnez-lui sa braguette.

Officiers arrachent les épaulettes de Frédéric. Frédéric pleure.

OFFICIER : Haha. Il pisse par les yeux.

JEUX PRUSSIENS

1

Frédéric, sa sœur Wilhelmine et le lieutenant Katte jouent à colin-maillard. Pendant que Katte cherche à tâtons, les yeux bandés, Frédéric et Wilhelmine échangent leurs vêtements. Lorsque Katte se dirige vers l'un d'eux, Frédéric et Wilhelmine essaient de se repousser l'un l'autre. Parfois leur corps-à-corps donne lieu à une caresse, leurs bourrades à une étreinte. Katte finit par attraper Frédéric, le tient, touche ses vêtements (de Wilhelmine), perruque, front, yeux, bouche.

KATTE, *hésitant* : Wilhelmine.

Frédéric reste immobile, seules ses mains tressaillent. Lorsqu'il est sur le point de saisir Katte,

WILHELMINE *crie* : Non, non, non. Je suis là.

Elle court se jeter dans le dos de Katte et lui ôte le bandeau des yeux en s'appuyant lourdement contre lui.

FRÉDÉRIC, *ignorant Wilhelmine, vexé, à Katte* :

Jouons la tragédie.
Je suis Phèdre.

WILHELMINE, *vexée à son tour, se retire dans un coin, d'où elle surgit de temps à autre pour donner un coup sur les mains de Frédéric ou de Katte, chaque fois que l'un va saisir l'autre.*

FRÉDÉRIC : Oui, prince, je languis, je brûle pour [Thésée.
Je l'aime, non point tel que l'ont vu les enfers,
...
Et Phèdre au Labyrinthe avec vous descendue
Se serait avec vous retrouvée, ou perdue.

KATTE : Dieux ! Qu'est-ce que j'entends ?...
...

FRÉDÉRIC : ...
A défaut de ton bras, prête-moi ton épée.
Donne [1].
Frédéric applique contre sa poitrine la pointe de l'épée de Katte. Wilhelmine sort de son coin, portant un masque grossier de Friedrich Wilhelm, avec la démarche et l'attitude de son royal père, et flanque une volée de coups de bâtons à Frédéric et Katte. Frédéric et Katte l'attachent à une chaise avec des lambeaux de ses vêtements (de Frédéric). Frédéric applique la pointe de l'épée de Katte entre ses seins nus.

FRÉDÉRIC : Meurs, mon cher papa !
Rires de Frédéric et de Katte.

---

1. *Phèdre,* Acte II, scène 5.

2

Frédéric, un bandeau sur les yeux, est amené par des soldats, et de même, de l'autre côté, les yeux non bandés, mais enchaîné, le lieutenant Katte. Le peloton d'exécution pour Katte se met en place derrière Frédéric. Le roi (Friedrich Wilhelm) prend place entre Frédéric et Katte, sur un siège que deux laquais ont apporté derrière lui.

FRIEDRICH WILHELM : Qu'il fasse la paix avec Son Père qui est dans les Cieux, fils infâme. Je l'aide à s'y rendre, moi son chef suprême et royal père, que par lui Dieu a frappé.

FRÉDÉRIC, *tremblant, à voix basse* : Père infâme.

FRIEDRICH WILHELM : Discute-t-il. Je vais lui faire passer l'envie de l'enculage et de la parlote française. Qu'il se tienne droit. Je veux faire de lui un homme et un roi. Même s'il me faut lui briser tous les os dans le corps.

KATTE : Mon prince.

FRÉDÉRIC : Je te vois.

Sur un signe de Friedrich Wilhelm, des soldats ôtent à Frédéric son bandeau. On bande simultanément les yeux de Katte.

KATTE : Je meurs pour le plus noble des princes.

FRÉDÉRIC *met ses mains sur ses yeux* : Je ne peux pas te voir.

FRIEDRICH WILHELM : Montrez-lui son cadeau.

SOLDATS : Je suis le Père Noël.

Otent à Frédéric les mains de devant ses yeux, lui maintiennent les yeux ouverts. Exécution de Katte.

FRIEDRICH WILHELM *se lève* : C'était Katte.
FRÉDÉRIC : Sire, c'était moi.

3

PROJECTION : MAIS IL N'EST RIEN DE PIRE QUE L'HOMME SOYEZ-EN PERSUADÉ MON CHER (Frédéric II)
Frédéric, à coups de bâton, renvoie à la bataille des soldats fuyards.
FRÉDÉRIC : Chiens. Voulez-vous donc vivre éternellement.
SOLDATS : Notre Fritz.
Vivat Fridericus Rex Hourrah.
Ça meurt.
FRÉDÉRIC : Je voudrais être mon père. — Neige rouge.
Frédéric vomit.
FRÉDÉRIC : Qu'il me fasse la lecture, Catt.
Catt installe un pliant, Frédéric s'assied, dos à la bataille, face public.
CATT : Plutarque ?
FRÉDÉRIC : Racine.
Catt, pendant que la bataille continue, lit Racine, Britannicus II, 6.

HEUREUSEMENT PERSONNE NE SAIT QUE JE M'APPELLE RUMPELSTILZCHEN
OU
L'ECOLE DE LA NATION

Un spectacle patriotique de marionnettes.

Mur de feu derrière un tourbillon de neige. Des soldats (marionnettes) en uniforme de la Wehrmacht marchent droit au feu, à travers la neige, au pas de l'oie. A la rampe, à gauche, un tableau noir sur lequel Frédéric II donne des notes aux soldats qui s'en reviennent de la bataille en boitant, en rampant, ou sur une civière : 5 (insuffisant) pour les idemnes ou blessés légers, de meilleures notes (4 à 2) pour les blessés graves ou mutilés, 1 (très bien) pour les morts.

FRÉDÉRIC : Dans les vertes prairies
Les fleurs sont fleuries
Jaunes pour les cochons
Bleues pour les garçons
Rouges pour la bien-aimée
Blanches pour les trépassés.

De l'autre côté, John Bull et Marianne, plus grands que nature, se partagent le monde en jouant à planter dans un globe des couteaux qu'ils retirent de cadavres d'Indiens et de Nègres. A chaque coup réussi, le vainqueur découpe une tranche et l'ingurgite. Rassasiés, se frottant le ventre (parfois l'un à l'autre), rotant et pétant, tous deux regardent le petit Frédéric en train de jouer à la guerre avec ses soldats-marionnettes. Le tourbillon de neige s'amplifie, le feu s'éteint, la scène se fige. Le décor se transforme *en un vaisseau fantôme sur lequel des marins morts clouent le capitaine au mât. Le film passe à l'envers, repasse à l'endroit, repasse à l'envers, Etc., dans les siècles des siècles. Musique l'*OFFRANDE MUSICALE.

ROI DE CŒUR VEUVE NOIRE

PROJECTION : LÉDA ET LE CYGNE (Rubens)

Frédéric sort d'une armoire une marionnette de Prussien avec masque de Friedrich Wilhelm, la berce, caresse, embrasse devant le miroir.

FRÉDÉRIC : Mon peuple.

Gifle la marionnette, la jette à terre, danse sur elle.

Canaille.

Jette la marionnette dans l'armoire, s'assied sur une chaise, se cure le nez : Surgit une robuste Saxonne avec voile noir. Frédéric retire le doigt de son nez et cache sa main derrière la chaise.

SAXONNE : Je suis la veuve.

FRÉDÉRIC *bondit* : Comment ça, la veuve.

SAXONNE, *lui tombant sur le poil* :

Ou la plus heureuse des femmes.
Si Sa Majesté le veut.

FRÉDÉRIC *s'enfuit* : Sa Majesté ne veut pas.

SAXONNE *le poursuit à travers la pièce* :

Car mon mari, le père de mes enfants
Au nombre de huit, est cet officier
Qui est passé par la captivité
Du service de la Saxe au service de la Prusse
Prussien, aujourd'hui déserteur par amour
Parce qu'en Saxe son grand cœur l'a ramené.

Main sur le cœur
Lequel, sur ordre de Sa Majesté, sera fusillé
Ce matin selon la loi martiale, ainsi
Duquel je suis la veuve, si Sa Majesté
N'accorde pas sa grâce
Qu'à genoux j'implore, ou la femme si
Se jette à genoux, essayant de saisir les jambes de Frédéric.

FRÉDÉRIC *lui échappe* :
Elle est la veuve. Sa Majesté n'accorde pas.

SAXONNE : Ah.
S'évanouit. Frédéric décrit de grands cercles autour de l'évanouie.

SAXONNE *se réveille, jette les bras en l'air* :
Grâce !

FRÉDÉRIC *s'écarte* : Le ciel est vide, Madame.
Saxonne se relève, tend les bras vers lui.
Et moi

FRÉDÉRIC :
Je suis le roi.

SAXONNE : Avez-vous un cœur ?

FRÉDÉRIC *homme d'Etat :* Oui
Mais pas pour moi.
Arpentant la pièce.
Votre mari par exemple
Est un homme d'honneur, et saxon son honneur.
Peu lui importe l'honneur prussien
Dont l'administration m'incombe, à moi roi de [Prusse
Mon cœur dût-il s'en briser. Une plaie
Voilà, Madame, ce qu'est le cœur d'un roi.

SAXONNE *pleure* : Majesté.
FRÉDÉRIC *chante* :
Si vous saviez, Madame, mes nuits
Solitaires.
SAXONNE *s'avance, bras ouverts* :
Et les miennes, Majesté.
FRÉDÉRIC *recule, tire son épée* :
Combien mon cœur aspire à ce réconfort ! —
Têtes couronnées ! Europe pourrissante
Je donne l'exemple, voyez comment meurt un roi.
Il veut appliquer la pointe de l'épée contre sa poitrine, ses bras sont trop courts, l'épée trop longue, il ne peut qu'atteindre son sexe.
SAXONNE *prend l'épée* :
Non, Majesté. Vous n'avez pas le droit. Mon mari.
FRÉDÉRIC : Si seulement j'avais le droit. Elle a raison : je ne l'ai pas.
Je serais le plus heureux des Prussiens
Si un autre était roi de Prusse.
Combien j'envie leur mort à mes victimes
Elles ont le droit de mourir, je dois tuer.
SAXONNE : Je suis inconsolable. Majesté. Mon mari
FRÉDÉRIC : Si seulement j'étais à sa place.
SAXONNE *ferme les yeux* : Ah Majesté.
FRÉDÉRIC : Un homme d'honneur. Il n'a qu'un seul honneur.
Qui, hélas, est saxon, et qu'est-ce
L'honneur de la Saxe pour mes braves Prussiens.
Pour l'honneur de la Prusse, sans sourciller
Ils cribleraient de trous leur mère au mur.
Ce qui, pour moi, est un déserteur par honneur
N'est pour mes braves qu'une souillure saxonne

A balayer pour une Prusse propre.
Eûtes-vous déjà l'occasion, Madame
Sous peu vous l'aurez, d'assister
A une exécution. Un spectacle hideux.
Saxonne pousse des hurlements, Frédéric vient se mettre devant un miroir.
Quel magnifique ouvrage que l'homme.
Met ses mains devant ses yeux, regarde à travers ses doigts, se détourne.
Si la nature ne l'avait pas créé
Moi —
Bref regard dans le miroir.
A quoi ressemblera-t-il criblé de balles.
Mais laissons cela. L'homme n'a qu'un défaut :
Le monde serait prussien si mes Prussiens
Ne bouffaient, buvaient, forniquaient, chiaient.
Mais laissons cela. Dieu est un porc, non ? Pour [autant
Qu'il existe. Etes-vous croyante, Madame ?
SAXONNE : Je prie.
Je prie, Majesté, pour vous. Et pour lui.
FRÉDÉRIC : Priez vite.
Regarde par le fenêtre/vers le public.
Un homme de toute beauté.
Dire que sous ma fenêtre il faut
Qu'il soit anéanti
Ote le voile de la Saxonne et se le met sur la tête.
Etait-il bien au lit
La veuve ?
Saxonne poussse des hurlements.
FRÉDÉRIC *danse* : Femme, je suis le faiseur de veuves.
Rendre veuves les femmes, voilà mon métier.

Je vide les lits et je remplis les tombeaux
rit, laisse tomber le voile.
Elle va pouvoir jouer avec elle-même, la veuve.
Se secoue.
Jusqu'à ce qu'un nouveau ventre se frotte contre
[son ventre.
Pleure.
Dire qu'il me faut voir cela. De mes yeux.
Majestueux.
Ai-je le droit de fermer les yeux quand ma parole
Devient violence ? Ah, si j'étais aveugle. Ah
Ramasse le voile et se bande les yeux.
SAXONNE : Pauvre roi.
FRÉDÉRIC : Vous avez dit grâce ? Voulez-vous que
[moi, le roi
Je ne puisse plus me regarder en face
Ni mes Prussiens qui sur un mot de moi se font
Massacrer, passer par les verges, etc.
Ni les mères qui lui sacrifient leurs enfants
Ni l'histoire enfin qui pas un instant
Ne le perd de vue. Veut-elle cela ? Peut-elle
Vouloir cela ?
Saxonne secoue la tête violemment.
Et pourtant, qu'importe roi de Prusse
Histoire, tout cela sur un mot de vous je le jette.
Un genou à terre.
Si vous le voulez, Madame, de ma gloire posthume
Je vous fais cadeau pour votre petite félicité.
SAXONNE : Comment pourrais-je, Majesté ! Mon grand roi !
Relève Frédéric, lui ôte le bandeau des yeux, sèche son visage avec le voile, couvre son propre visage

avec le voile, met la chaise près de la fenêtre, face public, s'assied, prend Frédéric sur ses genoux, le berce et chante.

SAXONNE : QUELLE FÉLICITÉ
D'OUBLIER
CE QU'HÉLAS ON NE PEUT CHANGER

Tambours. On entend le peloton se mettre en place.

FRÉDÉRIC *saute à bas des genoux de la Saxonne* :
Madame, ça y est.
Regarde par la fenêtre / vers le public, se bouche les yeux.
Je ne peux pas regarder.
Permettez.
Se blottit derrière la Saxonne, tendant la tête dans son dos. La Saxonne rejette le voile en arrière, regarde fixement, les yeux écarquillés, par la fenêtre / vers le public. Salve. Au même moment, Frédéric saute sur le dos de la femme.

FRÉDÉRIC *sur la femme* : Vous avez vu. Ça gicle.
L'étrangle avec le voile. La Saxonne bat l'air de ses bras, tombe à la renverse avec chaise et Frédéric.

FRÉDÉRIC : Mes royales condoléances.

SAXONNE : Mes enfants

FRÉDÉRIC *avec un masque d'aigle* :
Mes canons réclament leur ration de chair, femme
Sinon pourquoi auriez-vous un sexe, Madame.
Saxonne sort vivement.

JE VIENS DE L'ENFER, FAITES MON DIEU QUE JE DEVIENNE PIEUX

Asile de fous prussien. Mutilés de guerre jouant à la guerre. Vétérans à l'exercice, marchant au pas de l'oie, se passant par les verges. Chasse aux rats, Homme en cage. Enfant dans un bandage. Femme dans l'hébétude.

FEMME *chante :* Il était une fois trois assassins
Jolie rose rouge
Qui se prétendaient comtes
Monts et vallées, neiges glacées
Mon amour, c'est l'heure de se quitter.

Ils s'en vinrent trouver l'hôtesse
Jolie rose rouge
Pouvez-vous loger trois comtes cette nuit
Monts et vallées, neiges glacées
Mon amour, c'est l'heure de se quitter.

Mais oui, la grange et l'étable sont vides
Ne puis-je loger trois comtes cette nuit.

Le premier conduit le cheval à l'étable
Et le deuxième distribue le fourrage.

Le troisième bondit dans la cuisine
Et de l'hôtesse embrasse la gamine.

Le premier dit cette fille m'appartient
Je lui ai offert une bouteille de vin.

Le deuxième dit cette fille m'appartient
J'ai mis une bague à sa main.

Le troisième dit cette fille ne nous est pas destinée
Tuons-la avec nos épées.

Et l'ayant assise sur la table de bois
La violèrent au moins soixante-dix fois.

Et là où tombe une goutte de sang
Jolie rose rouge
Tout de suite se pose un ange blanc
Monts et vallées, neiges glacées
Mon amour, c'est l'heure de se quitter.

Professeur avec étudiants.

PROFESSEUR : Une criminelle. De l'adultère au meurtre de l'époux, un pas. L'époux était conseiller à la Cour d'appel. Elle doit son séjour dans notre établissement à une affligeante circonstance : le bourreau était ivre-mort. Notre grand roi a offert à la Prusse la pomme de terre. Comment l'en remercie sa brave noblesse terrienne ?

ETUDIANT : Avec l'alcool de pomme de terre.
Etudiants rient.

PROFESSEUR : Elle fut grâciée après la troisième tentative. Vous voyez les trois cicatrices sur son cou. Ainsi se retrouve-t-elle devant nous, une inachevée.
La femme s'arrache les vêtements du corps. Infirmiers avec camisole de force. Lutte.

PROFESSEUR : La camisole de force. Un instrument de la dialectique estimerait mon collègue de la faculté des lettres et des sciences. Une école de la liberté en effet, entendue comme compréhension de la nécessité, vous n'avez qu'à observer. Plus le malade s'agite, plus il se sangle lui-même, lui-même notez le bien, dans sa destinée. En langage populaire, chacun est son propre prussien. En cela réside la valeur éducative, l'humanité pour ainsi dire, de la camisole de force, qui pourrait tout aussi bien être appelée camisole de liberté. Le philosophe estimerait que la véritable liberté consiste dans la catatonie, en tant que parfaite expression de la discipline qui a fait la grandeur de la Prusse. La conséquence est charmante : l'Etat idéal fondé sur l'hébétude de sa population, la paix éternelle sur l'occlusion intestinale généralisée. Le médecin sait cela : les Etats reposent sur la sueur de leurs peuples, sur des colonnes d'excréments le temple de la Raison.

ETUDIANT : En langage populaire.

Etudiants rient.

PROFESSEUR : Je vous prierai d'adopter une attitude un peu plus scientifique, messieurs. Voyez ce petit garçon devenu idiot à force de masturbation. La ruine d'une enfance florissante.

Petit garçon tire la langue.

Et le triomphe de la science : le bandage antimasturbatoire inventé par moi. Un appareil, comme vous voyez, aussi simple qu'ingénieux, et qui, utilisé de manière conséquente, mate à la longue le plus endurci petit pécheur.

Petit garçon crache. Infirmiers le bâillonnent.

Réglable selon la taille, et je noterai, messieurs, si vous me permettez une digression patriotique, que ce n'est pas à mes yeux un hasard si cette mienne modeste invention est utilisée précisément dans la Prusse éclairée de notre vertueux monarque. Une victoire de la raison sur la barbare pulsion de nature. Contre laquelle même l'usage quotidien du fouet était impuissant : à peine ne le sentait-il plus sur son dos — la main du meilleur pédagogue finit par se relâcher, l'homme, hélas, n'est pas une machine — voilà que l'impénitent, sans même attendre la cicatrisation de ses stries, réitérait le geste infâme en direction de l'outil que le créateur a réservé à la procréation, dans le cadre du mariage chrétien il s'entend, alors qu'il est lui-même à l'image de Dieu, car à son image il l'a créé, comme dirait un certain théologien.

Etudiants rient.

Je ne le nommerai pas.

Etudiants rient.

Un blasphème. Imaginez-vous Dieu en train de se masturber, Deus Masturbator.

Etudiants rient.

ETUDIANT : Ou bien un certain théologien.

PROFESSEUR *rit* : Après quatre semaines dans ce bandage qui fonctionne pour ainsi dire comme un bras prolongé et, puisque mécanique, infatigable de la pédagogie, le pire dépravé finit par oublier son organe. Je vous en fais la démonstration.

Infirmiers défont le bandage. Petit garçon, le visage tordu par la douleur, frictionne ses bras ankylosés, arrache son bâillon, saisit ses organes génitaux. Etudiants rient.

PROFESSEUR *furieux* : Un idiot. — Ligotez-le. — Le bandage était trop lâche. Une négligence.

Petit garçon est ligoté, pousse des hurlements.

ETUDIANT 1 : Propose l'amputation, monsieur le Professeur.

ETUDIANT 2 : Castration.

ETUDIANT 3 : Deux coutures valent mieux qu'une.

Etudiants rient.

PROFESSEUR : Une proposition tranchante, cher collègue. Mais en tant que médecin des humains je m'en tiens à ma méthode plus modeste. Pas de précipitation, jeune homme. Le bistouri du chirurgien est l'ultima ratio. — Présentez-le à nouveau dans trois semaines.

HOMME DANS LA CAGE : J'ai sacrifié mon fils, mon Jésus. Donnez-moi les verges.

PROFESSEUR : Donnez-les lui.

On les lui donne. Homme dans la cage se flagelle.

Il appelle cela faire pénitence pour la création du monde. Zebahl, Zebaoth, également nommé Baal le sanguinaire par les élèves qui étaient confiés à sa main punitive. Cette main est exercée, comme on peut voir, caporal pendant la guerre de Sept Ans, l'instituteur idéal. Jésus était son préféré, ainsi nommé par ses condisciples parce qu'il ne prenait pas part à leurs mauvais tours. Peut-être parce que, comme le prétendent de mauvaises langues, Zebahl n'était pas sans avoir pris part à sa fabrication extra-conjugale.

Etudiants rient.

Un ange en tout cas, avec lequel l'instituteur partageait sa chambrette.

Etudiants rient.

Le reste est dans la Bible.

Etudiants rient.

Pour un châtiment que Zebaoth avait infligé à ses pupilles, Jésus s'offrit en sacrifice expiatoire. Il voulait prendre sur lui la punition, un pour tous, un agneau pascal. Son créateur, ému aux larmes par tant de vertu, accepta. Et il fit plus, pour ne pas être en reste de grandeur d'âme à l'égard de sa progéniture et redoubler l'effet pédagogique, il abandonna aux pécheurs le soin de faire eux-mêmes cet exemple. Ils le firent radicalement : le Dieu Zebaoth n'a plus de fils, le village a un nouveau maître d'école, l'histoire de la médecine un de ses sommets : Dieu comme patient.

ZEBAHL *pleure* : J'ai honte. Honte. J'ai honte.

ETUDIANT 1 : A ce qu'il paraît, vous avez créé le monde, monsieur Zebahl.

ZEBAHL : Oui, c'est ma faute. Tout est ma faute. Je suis tout puissant.

ETUDIANT 2 *croise ses mains devant ses organes génitaux* : Et moi, je suis la Vierge Marie.

ETUDIANT 3 : Je suis Jésus. *Agitant ses bras comme des ailes.* C'est l'Ascension.

ETUDIANT 4 *bombe le ventre* : Je suis le pape à Rome.

TOUS LES 4 *à genoux devant la cage* : NOTRE PÈRE QUI ÊTES AUX CIEUX.

Etudiants rient.

PROFESSEUR : Un asile de fous. Ce qu'il fallait démontrer. Partons, messieurs.

Professeur et étudiants sortent.

ZEBAHL *tousse* : Oui, j'ai créé le monde. Je suis le fou, je suis le criminel. J'ai beau m'arracher les yeux, je vous vois quand même. Si seulement je pouvais mourir. J'ai immolé mon fils. Moi, excrément de ma création, vomissure de mes anges, grain de pus dans mes harmonies. Je suis l'étal du boucher. Je suis le tremblement de terre. Je suis la bête. La guerre. Je suis le désert. *Cri. Des anges noirs envahissent la salle et s'abattent sans bruit sur le public.*

ET IN ARCADIA EGO : L'INSPECTION

Champ de betteraves. Famille de paysans rampe dans les sillons. A l'avant-scène on installe un pupitre, en bordure du champ un bloc de marbre. Une chorale de garçons prend place bouches ouvertes pour le chant. Une nuée de peintres installent leurs chevalets. Friedrich Schiller va au pupitre, le sculpteur Schadow au bloc de marbre. Entre Frédéric de Prusse avec canne, fonctionnaires et Voltaire. Des fonctionnaires installent deux pliants. Frédéric et Voltaire prennent place. Schiller, entre deux quintes de toux, déclame DER SPAZIERGANG. *Le sculpteur Schadow taille le bloc de marbre, évaluant de temps à autre les proportions de la paysanne quand elle se redresse dans le sillon et tend le dos. Quand elle ne parvient plus à se pencher, parce que son dos est raide, le paysan l'aide d'un coup de poing à se replonger dans le sillon. Frédéric prend une attitude royale. Les peintres peignent. La chorale de garçons chante* KEIN SCHONER LAND IN DIESER ZEIT / ALS HIER DAS UNSRE WEIT UND BREIT.

FRÉDÉRIC *se lève, s'avance, fait un geste de la main, toujours majestueux et tenant ses poses longuement par égard pour les peintres, avec effort à cause de sa goutte, les reprenant ou les améliorant à l'occasion, s'apprête à parler, regarde avec indignation Schiller qui, alors que la chorale des garçons s'est tue, déclame toujours à l'avant-scène DER SPAZIERGANG. Des fonctionnaires vident un sac de betteraves et en recouvrent la tête de Schiller. Pendant ce qui suit, par intervalles, on entend sa toux étouffée.*

En effet : aucun spectacle ne réjouit davantage l'œil d'un roi qu'une province florissante, peuplée d'une paysannerie zélée qui accomplit paisiblement sa besogne. A côté du fruit des champs s'épanouissent les arts ... Ah l'austère beauté de ma Prusse ! Je n'emploie pas le pronom possessif en tant que tel, mon cher Voltaire, mais bien plutôt en considération de l'unité entre Etat et peuple dont à vrai dire la Prusse donne l'exemple au monde. Le peuple c'est moi, si vous voyez ce que je veux dire. *Applaudissements des fonctionnaires.*

FRÉDÉRIC, *avec mégaphone, au paysan* : Les oranges sont belles cette année, non.

PAYSAN, *au garde-à-vous, ainsi que sa famille* : A vos ordres Majesté, ce sont des betteraves.

FRÉDÉRIC : A-t-il dit betteraves ?

ENFANTS (7) : UN DEUX TROIS QUATRE CINQ SIX SEPT
DES BETTERAVES DANS MON ASSIETTE

FRÉDÉRIC : Nous allons voir. Qu'il goutte.

Jette au paysan une betterave. Le paysan mange la betterave.

FRÉDÉRIC : Les trouve-t-il bonnes ses oranges, le bougre ?

PAYSAN *crache ses dents* : Je trouve les oranges très bonnes, Majesté.

Voltaire vomit à l'avant-scène.

FRÉDÉRIC, *au paysan* : Très bien. — Une danse paysanne pour notre invité de France.

On lui tend une flûte. Les fonctionnaires coiffent le paysan, la paysanne, les enfants du paysan, de têtes de coq. Frédéric joue une danse paysanne rebelle. Voltaire se bouche les oreilles. Famille paysanne danse dans les sillons. Applaudissements, également de Voltaire. Les paysans rendent aux fonctionnaires les têtes de coq.

FRÉDÉRIC, *à Voltaire* : Un peuple d'amateur d'art, mes Prussiens. *Au paysan.* L'année prochaine qu'il essaye donc les bananes.

Frédéric se retourne pour partir. Un peintre lui présente sa toile.

FRÉDÉRIC *jette un regard sur le tableau, montre avec sa canne la statue maintenant reconnaissable : un nu néo-classique* : L'art est beauté. Dix coups de bâton pour ce barbouilleur.

Un fonctionnaire enfonce la toile sur la tête du peintre, ses collègues peignent son visage en noir. Départ.

FRÉDÉRIC : ET IN ARCADIA EGO. *Montre la salle.* Regardez ces bœufs qui paissent paisiblement. La Prusse, une patrie pour peuple et bétail. Et vous pourrez dire : j'y étais, mon cher Voltaire.

VOLTAIRE *prend une betterave* : Un souvenir. L'orange prussienne.
Tous sortent. Seuls Schiller et les paysans restent sur scène. Le paysan fait cocorico, renverse la statue, incite à coups de poings femmes et enfants à travailler plus vite. Schiller, sans pupitre, le sac toujours sur la tête, tousse à l'avant-scène.

FREDERIC LE GRAND

Enfilade de pièces vers une porte étroite à Sans-Souci. Devant, le Conseil d'Etat : créatures et conseillers, avec du papier. Battement du cœur et souffle du roi à l'agonie. Chuchotement choral du Conseil d'Etat, qui s'amplifie : Il crève Il crève Il crève. Battement du cœur et souffle se sont tus. Silence. Vent qui arrache les papiers des mains du Conseil d'Etat, les emporte à travers la scène, les fait tourbillonner. Le Conseil d'Etat donne la chasse aux papiers. De plus en plus de papiers voltigent sur la scène, dans la salle. Rideau avec aigle noir.

HEINRICH VON KLEIST JOUE MICHAEL KOHLHAAS

Rivage à l'abandon (lac près de Strausberg). Kleist, en uniforme. Marionnette-Kleist. Marionnette-femme. Marionnette-cheval. Billot. Kleist touche visage poi-

trine mains sexe de la marionnette-Kleist. Caresse embrasse étreint la marionnette-femme. Tranche d'un coup d'épée la tête de la marionnette-cheval. Arrache le cœur de la marionnette-femme et le mange. Arrache son propre uniforme, empaquette la tête de la marionnette-Kleist dans la veste d'uniforme, se coiffe de la tête de cheval, met en pièces à coups d'épée la marionnette-Kleist : roses et entrailles s'en échappent. Rejette la tête de cheval, se coiffe de la perruque de la marionnette-femme (cheveux jusqu'aux pieds), brise l'épée sur son genou, va au billot. Enlève la perruque, étale les cheveux de femme sur le billot, s'ouvre une veine avec les dents, étend le bras, d'où ruisselle de la sciure, au-dessus des cheveux de femme sur le billot. Des cintres, une toile grise est jetée sur la scène, une tache rouge s'y étend rapidement.

SOMMEIL REVE CRI DE LESSING

PROJECTION : LESSING DURANT TOUTE SA VIE EUT UN SOMMEIL SINGULIÈREMENT DOCILE QUI VENAIT A PEINE AVAIT-IL L'IDÉE DE FERMER LES YEUX IL M'A SOUVENT ASSURÉ N'AVOIR JAMAIS RÊVÉ IL EUT CETTE CHANCE JUSQU'A SA MORT ET DISAIT ENCORE PEU AUPARAVANT QUE LORSQU'IL AVAIT DORMI TOUT LE JOUR IL SE FAISAIT QUAND MÊME UNE JOIE DE LA NUIT A VENIR (Leisewitz)

Acteur que l'on maquille (masque de Lessing) et habille. Machinistes qui installent une longue table et des chaises.

ACTEUR *lit* : Mon nom est Gotthold Ephraïm Lessing. J'ai 47 ans. J'ai bourré une/deux douzaines de marionnettes de sciure qui était mon sang, rêvé un rêve de théâtre en Allemagne et médité publiquement sur des choses qui ne m'intéressaient pas. Maintenant c'est fini. Hier j'ai vu sur ma peau une tache morte, une parcelle de désert : la mort commence. Ou plutôt s'accélère. Du reste, j'en suis d'accord. Une vie c'est assez. J'ai vu se lever une ère nouvelle après l'autre, chacune suintant de tous ses pores sang excréments sueur. L'histoire atteint la ligne d'arrivée sur des chevaux morts. J'ai vu l'enfer des femmes d'en bas : la femme à la corde la femme aux veines ouvertes la femme à l'overdose SUR LES LÈVRES DE LA NEIGE la femme à la tête dans la cuisinière à gaz. 30 années durant j'ai essayé de me tenir avec des mots hors de l'abîme, rendu poitrinaire par la poussière des archives et la cendre qui souffle des livres, étranglé par ma nausée croissante de la littérature, consumé par ma nostalgie toujours plus vive du silence. J'ai envié aux sourds-muets leur mutisme dans le bavardage des académies. Et dans le lit des nombreuses femmes que je n'ai pas aimées, leurs accouplements silencieux. Je commence à oublier mon texte. Je suis une passoire. De plus en plus de mots passent au travers. Bientôt je n'entendrai plus d'autre voix que ma voix à la recherche des mots oubliés.

Entrent des amis qui discutent de manière muette, occupent les chaises.
Ce sont mes amis.
Amis s'inclinent.
Depuis quelque temps je commence à oublier leurs noms.
Amis se masquent le visage avec des bas.
Oublier est sagesse. Les dieux oublient le plus vite. Dormir est bon. La mort est une femme.
Acteur se fige dans le masque de Lessing, les amis dans des poses de discussion.

2

PROJECTION : DE LA PRUSSE DE FRÉDÉRIC DEUX MÉDAILLE D'OR AU PAS DE L'OIE MÉDAILLE D'ARGENT AU PASSAGE PAR LES VERGES LESSING VIENT EN AMÉRIQUE PAYS DE LA POMME DE TERRE QUI FERA LA GRANDEUR DE LA PRUSSE DANS UN CIMETIÈRE DE VOITURES DANS LE DAKOTA IL RENCONTRE LE DERNIER PRÉSIDENT DES ÉTATS-UNIS.
Cimetière de voitures. Chaise électrique, dessus, un robot sans visage. Dans entre sous les carcasses de voitures de grands personnages de théâtre et des stars de cinéma dans diverses poses d'accident. Musique WELCOME MY SON WELCOME TO THE MACHINE *(Pink Floyd* WISH YOU WERE HERE*). Lessing avec Nathan le Sage et Emilia Galotti, leurs noms sur leurs costumes.*
EMILIA GALOTTI *déclame* : Gewalt ! Gewalt ! wer kann der Gewalt nicht trotzen ? Was Gewalt

heisst ist nichts : Verführung ist die wahre Gewalt ! Ich habe Blut, mein Vater, so jugendliches, so warmes Blut als eine. Auch meine Sinne sind Sinne. Ich stehe für nichts. Ich bin für nichts gut... Geben Sie mir, mein Vater, geben Sie mir diesen Dolch [1]...

NATHAN *déclame en même temps la fin de la parabole de l'anneau* : Wohlan ! Es eifre jeder (...) — So sagte der bescheidne Richter [2].

Sirènes de police. Emilia et Nathan échangent leurs têtes, se déshabillent, s'étreignent, se tuent l'un l'autre. Lumière blanche. Mort de la machine sur la chaise électrique. Noir sur scène.

VOIX (+ PROJECTION) : HEURE DE L'INCANDESCENCE BUFFLES MORTS SORTANT DES CANYONS ESCADRONS DE REQUINS DENTS DE LUMIÈRE NOIRE LES ALLIGATORS MES AMIS GRAMMAIRE DES TREMBLEMENTS DE TERRE MARIAGE DU FEU ET DE L'EAU HUMAINS DE NOUVELLE CHAIR LAUTRÉAMONTMALDOROR PRINCE DE L'ATLANTIDE FILS DES MORTS.

3

PROJECTION : APOTHÉOSE SPARTACUS UN FRAGMENT

Sur la scène un tas de sable qui recouvre un buste. Des machinistes, costumés en spectateurs de théâtre, versent des seaux et des sacs de sable sur le

---

1. *Emilia Galotti,* Acte V, scène 7.
2. *Nathan le Sage,* Acte III, scène 7.

tas, alors que dans le même temps des garçons de café emplissent la scène de bustes de poètes et de penseurs. Lessing creuse dans le sable, déterre une main, un bras. Les garçons de café, à présent avec casques de protection, essayent à Lessing un buste de Lessing qui recouvre sa tête et ses épaules. Lessing, à genoux, fait de vaines tentatives pour se libérer du buste. On entend son cri sourd sous le bronze. Applaudissements des garçons de café machinistes (spectateurs).

Note

Frédéric II peut être interprété par une femme ou, en tant que prince par un (jeune) homme, en tant que roi par une femme. Dans cette deuxième hypothèse, l'interprète du prince Frédéric interprétera également Kleist dans la pantomime. Gundling, le psychiatre, Schiller, Lessing 1 (acteur que l'on maquille en Lessing) et Lessing 2 (Lessing en Amérique) par le même interprète, Lessing 3 (apothéose) par l'interprète du prince Frédéric et de Kleist. Les parties du triptyque-Lessing devraient, autant que possible, ne pas être présentées successivement en un même lieu, mais mordre l'une sur l'autre : pendant que l'on maquille l'acteur en Lessing, on installe le cimetière de voitures ; pendant que déclament Emilia Galotti et Nathan, les machinistes (spectateurs de théâtre) déversent le tas de sable sur le buste de Spartacus. Après le tableau de l'asile de fous, les acteurs peuvent ébaucher un monde meilleur en improvisant une bergerie.

Quartett

d'après Laclos

traduit de l'allemand par
Jean Jourdheuil et Béatrice Perregaux

Personnages

MERTEUIL
VALMONT

Période

Un salon d'avant la Révolution française
Un bunker d'après la troisième guerre mondiale

MERTEUIL : Valmont. Je la croyais éteinte, votre passion pour moi. D'où vient ce soudain retour de flamme. Et d'une passion si juvénile. Trop tard bien sûr. Vous n'enflammerez plus mon cœur. Pas une seconde fois. Jamais plus. Je ne vous dis pas cela sans regret, Valmont. Certes il y eut des minutes, peut-être devrais-je dire des instants, une minute c'est une éternité, où je fus, grâce à votre société, heureuse. C'est de moi que je parle, Valmont. Que sais-je de vos sentiments à vous. Et peut-être ferais-je mieux de parler des minutes où j'ai su vous utiliser, vous si remarquable dans la fréquentation de ma physiologie, pour éprouver quelque chose qui m'apparaît dans le souvenir comme un sentiment de bonheur. Vous n'avez pas oublié comment on s'y prend avec cette machine. Ne retirez pas votre main. Non que j'éprouve quelque chose pour vous. C'est ma peau qui se souvient. A moins qu'il lui soit parfaitement égal, non, je parle de ma peau, Valmont, de savoir de quel animal provient l'instrument de sa volupté, main ou griffe. Quand je ferme les yeux, vous êtes beau, Valmont. Ou bossu, si je veux. Le privilège des aveugles. Ils ont en amour la meilleure part. La comédie des circonstances accessoires leur est épargnée : ils voient ce qu'ils veulent. L'idéal serait aveugle et sourd-muet. L'amour des pierres. Vous ai-je effrayé, Valmont. Que vous êtes facile à décourager. Je ne vous savais pas comme cela. La gent féminine vous a-t-elle infligé des blessures après moi. Des larmes. Avez-vous un cœur, Valmont. Depuis quand. Votre virilité aurait-elle subi des dommages, après moi. Votre haleine sent la solitude. Celle qui a succédé à celle qui m'a succédé vous a-t-elle envoyé promener. L'amoureux délaissé. Non. Ne retirez pas votre délicieuse proposition, Monsieur. J'achète. J'achète de toute façon. Inutile de craindre les sentiments. Pourquoi vous haïrais-je, je ne vous ai pas aimé. Frottons nos peaux l'une contre l'autre. Ah l'esclavage des corps. Le tourment de vivre et de ne pas être Dieu. Avoir une conscience, et pas de pouvoir sur la matière. Ne vous pressez pas, Valmont. Comme cela c'est bien. Oui oui oui oui. C'était bien joué, non. Que m'importe la jouissance de mon corps, je ne suis pas une fille d'écurie. Mon cerveau travaille normalement. Je suis tout à fait froide, Valmont. Ma vie Ma mort Mon bien-aimé.

Entrée de Valmont.

MERTEUIL : Valmont. Vous êtes à l'heure. Et pour un peu je regretterais votre ponctualité. Elle abrège un bonheur que j'aurais volontiers partagé avec vous, mais il se trouve justement qu'il est impossible à partager, si vous comprenez ce que je veux dire.

VALMONT : Dois-je entendre que vous êtes de nouveau amoureuse, Marquise. Eh bien je le suis aussi, si vous appelez ça comme ça. Une fois de plus. Je serais désolé d'avoir interrompu un amant en train de donner l'assaut à votre belle personne. Par quelle fenêtre s'est-il échappé. Puis-je espérer qu'il se sera cassé le cou.

MERTEUIL : Fi, Valmont. Et gardez votre compliment pour la dame de votre cœur, où que se situe cet organe. J'espère pour vous que la nouvelle gaine est dorée. Vous devriez me connaître mieux. Amoureuse. Je nous croyais d'accord là-dessus, ce que vous appelez l'amour est l'affaire des domestiques. Comment pouvez-vous me supposer capable d'un mouvement aussi bas. Le bonheur suprême est le bonheur des animaux. Assez rare qu'il nous tombe du ciel. Vous me l'avez fait éprouver de temps en temps, quand il me plaisait encore de vous utiliser à cela, Valmont, et j'espère que vous ne repartiez pas les mains vides. Qui est l'heureuse élue du moment. Ou peut-on déjà dire la malheureuse.

VALMONT : C'est la Tourvel. Quant à celui qu'il vous est impossible de partager

MERTEUIL : Jaloux. Vous, Valmont. Quelle rechute. Je vous comprendrais si vous le connaissiez. D'ailleurs je suis sûre que vous l'avez rencontré. Un bel homme. Bien qu'il ne soit pas si différent de vous. Les oiseaux migrateurs sont pris eux aussi dans les filets de l'habitude, même quand leur vol se déploie sur des continents. Tournez-vous je vous prie. L'avantage qu'il a sur vous, c'est la jeunesse. Même au lit, si vous voulez le savoir. Voulez-vous le savoir. Un rêve, si je vous prends, vous Valmont, pour la réalité, pardonnez-moi. Peut-être que plus rien ne vous distinguerait l'un de l'autre dans dix ans, à supposer que je puisse maintenant, d'un amoureux regard de méduse, vous changer en pierre. Ou en un matériau plus plaisant. Une image féconde : le musée de nos amours. Nous ferions salle comble, n'est-ce pas Valmont, avec les statues de nos désirs en décomposition. Les rêves morts, classés par ordre alphabétique ou chronologiquement, libérés des hasards de la chair, préservés des terreurs du changement. Notre mémoire a besoin de béquilles : on ne se souvient même plus des diverses courbes des queues, sans parler des visages : une brume. La Tourvel est une insulte. Je ne vous ai pas remis en liberté pour que vous grimpiez sur cette vache, Valmont. Je comprendrais que vous vous intéressiez à la petite Volanges, légume tout frais sorti de la serre du couvent, ma nièce virginale, mais la Tourvel. Je l'avoue, c'est un sacré morceau de chair, mais partagé avec un mari qui n'en démord pas, un mari fidèle, comme j'ai tout lieu de le craindre, et cela depuis combien d'années, que va-t-il vous rester, Valmont. Un résidu. Allez-vous vraiment tisonner ce triste rebut. Vous me faites pitié, Valmont. Si encore c'était une putain, qui ait appris son métier. La Merreaux, par exemple, je la partagerais avec dix hommes, mais la seule dame de la haute société qui soit assez perverse pour se complaire dans le mariage, une bigote aux genoux rougis par les prie-Dieu et aux doigts enflés à force de se tordre les mains devant son confesseur. Ces mains-là n'agrippent pas d'appareil génital sans la bénédiction de l'Eglise, Valmont. Je parie qu'elle rêve de l'immaculée conception quand son amoureux mari veut bien condescendre sur elle, avec l'intention conjugale de lui faire un enfant, une fois par an. Qu'est-ce que la dévastation d'un paysage comparée au gaspillage de jouissance qu'entraîne la fidélité d'un mari. A vrai dire, le comte Gercourt spécule sur l'innocence de ma nièce. En tout honneur, d'ailleurs : le contrat d'achat est chez le notaire. Craindriez-vous par hasard sa concurrence, il vous a déjà soufflé la Vressac, et vous aviez alors deux ans de moins. Vous vieillissez, Valmont. Je pensais que cela vous ferait plaisir, sans parler de la chevauchée sur la vierge, de couronner ce bel animal de Gercourt de l'inévitable ramure, avant qu'il prenne son emploi de garde-forestier, que tous les braconniers de la capitale envahissent sa forêt et l'abonnent à cette parure. Soyez un bon chien, Valmont, et prenez la trace tant qu'elle est fraîche. Un peu de jeunesse dans votre lit, puisque le miroir ne vous en renvoie plus. Pourquoi lever la patte devant un tronc d'église. A moins que vous en soyez à mendier l'aumône du mariage. Voulez-vous que nous donnions un exemple au monde et que nous nous épousions, Valmont.

VALMONT : Comment oserais-je vous faire une pareille insulte aux yeux du monde, Marquise. L'aumône pourrait être empoisonnée. D'ailleurs je préfère choisir ma chasse moi-même. Ou l'arbre devant lequel je lève la patte, comme vous aimez à dire. Il y a trop longtemps qu'il n'a pas plu sur vous, quand vous êtes-vous regardée dans le miroir pour la dernière fois, amie de mon âme. J'aimerais pouvoir vous servir encore de nuage, mais le vent me pousse vers d'autres cieux. Je ne doute pas que j'arriverai à faire fleurir le tronc d'église. Pour ce qui est de la concurrence : Marquise, je sais que vous avez de la mémoire. Que le Président vous ait préféré la Tourvel, même en enfer vous ne l'oublierez pas. Je suis prêt à me faire l'amoureux instrument de votre vengeance. Et me promets de l'objet de mon adoration une chasse bien meilleure que de votre nièce virginale, inexpérimentée qu'elle est dans les arts de la fortification. Qu'aura-t-elle appris dans son couvent, à part le jeûne et un peu de masturbation pieuse avec le crucifix. Passés les frimas des prières enfantines, je parie qu'elle brûle de recevoir le coup de grâce qui mettra fin à son innocence. Elle se jettera sur mon couteau avant que je l'aie tiré. Elle ne fera pas le moindre zig-zag : elle ignore les frissons de la chasse. Qu'importe le gibier sans la volupté de la poursuite. Sans la sueur de l'angoisse, le souffle coupé, le regard révulsé. Le reste est digestion. Mes meilleures feintes feront de moi un bouffon, tout comme le théâtre vide fait du comédien un bouffon. Il faudra que je m'applaudisse moi-même. Le tigre en cabotin. Que la plèbe se saute entre deux portes, soit, son temps est précieux, il nous coûte de l'argent, notre métier sublime à nous est de tuer le temps. Il nous faut nous y consacrer tout entiers : il y en a trop. Qui pourrait faire que s'arrêtent et se dressent les horloges du monde : l'éternité comme érection perpétuelle. Le temps est la faille de la création, toute l'humanité y a sa place. L'Eglise a comblé cette faille avec Dieu, à l'intention de la plèbe ; nous, nous savons qu'elle est noire et sans fond. Quand la plèbe s'en avisera, elle nous jettera dedans.

MERTEUIL : Les horloges du monde. Avez-vous des difficultés, Valmont, à faire que se dresse le meilleur de vous-même.

VALMONT : Avec vous, Marquise. Même s'il me faut avouer que je commence à comprendre pourquoi la fidélité est le plus sauvage des déréglements. Trop tard hélas pour ce qui est de notre tendre relation, mais je me propose de m'adonner un peu à cette nouvelle expérience. Je hais les choses passées. Le changement les accumule. Considérez la croissance de nos ongles, nous continuons à germer dans notre cercueil. Et imaginez qu'il nous faille habiter avec les déchets de nos années. Des pyramides de saleté, jusqu'à ce que soit arraché le ruban de la ligne d'arrivée. Ou dans les déjections de nos corps. Seule la mort est éternelle, la vie se répète jusqu'à ce que l'abîme soit béant. Le déluge, un défaut de canalisation. Pour ce qui est de l'amoureux mari : il est à l'étranger en mission secrète. Peut-être réussira-t-il, politique comme il est, à faire éclater une nouvelle guerre. Excellent venin contre l'ennui de la dévastation. La vie va plus vite quand la mort devient un spectacle, la beauté du monde fait dans le cœur une entaille moins profonde, avons-nous un cœur, Marquise, quand on en contemple la destruction, on voit la parade des jeunes culs nous rappeler quotidiennement que nous sommes éphémères, on ne peut pas tous les avoir, n'est-ce pas, et que la vérole emporte tous ceux qui nous échappent, dans l'éclair des canonnades, devant la haie des pointes d'épée, avec un certain sang-froid. Pensez-vous parfois à la mort, Marquise. Que dit votre miroir. C'est toujours l'autre qui nous y regarde. C'est lui que nous cherchons quand nous creusons à travers les corps étrangers, nous quittant nous-mêmes. Possible qu'il n'y ait ni l'un ni l'autre, seulement le néant dans notre âme qui réclame sa pâtée. Quand sera-t-il possible d'inspecter votre virginale nièce, Marquise.

MERTEUIL : Vous avez donc retrouvé votre peau, Valmont. Nul homme dont le membre ne se raidisse à la pensée que sa précieuse chair doit disparaître, c'est l'angoisse qui fait les philosophes. Bienvenue dans le péché et oubliez le tronc d'église avant que la dévotion vous submerge, vous allez oublier votre seule vocation. Qu'avez-vous appris si ce n'est à manœuvrer votre queue dans un trou en tous points semblable à celui dont vous êtes issu, avec toujours le même résultat, plus ou moins divertissant, et toujours dans l'illusion que l'applaudissement des muqueuses d'autrui va à votre seule personne, que les cris de jouissance vous sont adressés à vous, alors que vous n'êtes que le véhicule inanimé de la jouissance de la femme qui vous utilise, indifférent et tout à fait interchangeable, bouffon dérisoire de sa création. Vous le savez bien, pour une femme tout homme est un homme qui fait défaut. Et vous savez également ceci, Valmont : bien assez tôt le destin vous enjoindra de n'être même plus cela, un homme qui fait défaut. Au fossoyeur de trouver ensuite sa satisfaction.

VALMONT : Quel ennui que la bestialité de notre conversation. Chaque mot ouvre une blessure, chaque sourire dévoile une canine. Nous devrions faire jouer nos rôles par des tigres. Encore une morsure, encore un coup de griffe ? L'art dramatique des bêtes féroces.

MERTEUIL : Vous perdez votre aplomb, Valmont, vous devenez sensible. La vertu est une maladie infectieuse. Qu'est-ce que c'est, notre âme. Un muscle ou une muqueuse. Ce que je crains, c'est la nuit des corps. A quatre jours de voyage de Paris, dans un trou bourbeux qui appartient à ma famille, cette chaîne de membres et de vagins alignés sur le fil d'un nom de hasard accordé à un ancêtre mal lavé par un roi puant, quelque chose vit, entre l'homme et la bête. Que j'espère ne pas avoir à rencontrer, ni dans cette vie, ni dans une autre, à supposer qu'il y en ait une autre. A la seule pensée de son odeur, je sue de tous mes pores. Mes miroirs exsudent son sang. Cela ne trouble pas mon image, je ris du tourment des autres comme tout animal qui est doué de raison. Mais il m'arrive de rêver qu'il surgit de mes miroirs sur ses pieds de fumier et sans visages, mais je vois ses mains avec précision, griffes et sabots, quand il m'arrache la soie des cuisses et se jette sur moi comme la terre sur un cercueil, et peut-être sa violence est-elle la clef qui ouvre mon cœur. Allez, Valmont. La vierge demain soir à l'opéra.

Valmont sort.

MERTEUIL : Madame de Tourvel. Mon cœur à vos pieds. N'ayez pas peur, amour de mon âme. Croyez-vous réellement que cette poitrine puisse abriter une pensée impudique après tant de semaines de pieux commerce avec vous. Je l'avoue, j'étais un autre avant que m'atteigne l'éclat de vos yeux. Valmont le bourreau des cœurs. JE BRISE LE CŒUR DES FEMMES LES PLUS FIÈRES. Je ne vous connaissais pas, Madame. Une honte, quand j'y pense. Dans quelle saleté ai-je pataugé. Quel art du déguisement. Quelle infamie. Des péchés aussi nombreux que les boutons de la scarlatine. La seule vue d'une belle femme, que dis-je, le derrière d'une vendeuse des halles, et je me changeais en bête de proie. J'étais un abîme, Madame. Avez-vous envie d'y jeter un coup d'œil, je veux dire, dans ses profondeurs, pardonnez-moi, du haut de votre vertu. Je vous vois rougir. Comment se fait-il que vous rougissiez, ma très chère. Cela vous va bien. Où votre imagination va-t-elle donc chercher les couleurs dont elle vous peint mes vices. Dans le sacrement du mariage peut-être, dont je vous croyais cuirassée contre les violences terrestres de la séduction. Je serais tenté d'étaler devant vous le détail de mes péchés, êtes-vous curieuse de mon catalogue, pour vous voir plus longtemps rouge de honte, cela vous va si bien. On en conclut en tout cas que vous avez du sang dans les veines. Du sang. Quel cruel destin que de ne pas être le premier. Ne m'y faites pas penser. Même si vous vous ouvriez les veines pour moi, votre sang tout entier ne pourrait compenser ce mariage où un autre m'a précédé, et pour toujours. L'instant irrémédiable. Caractère unique et fatal du battement de paupières. Et cetera. Ne m'y faites pas penser. Ne craignez rien. Je respecte les saints nœuds qui vous lient à votre mari, et s'il ne trouvait plus le chemin de votre lit, je serais le premier à l'aider à y remonter. Sa jouissance est ma joie depuis que votre vertu m'a appris à haïr le libertin que j'étais et que je sais vos entrailles scellées. A peine si j'ose baiser votre main. Et si je prends cette liberté, ce n'est pas une passion terrestre qui me pousse. Ne retirez pas votre main, Madame. Un breuvage dans le désert. Même l'amour de Dieu a eu besoin d'un corps. Sinon pourquoi aurait-il fait homme son fils et lui aurait-il donné la croix pour bien-aimée. LA CHAIR A SON ESPRIT A ELLE. Voulez-vous être ma croix. Vous l'êtes, pas avec moi, par le sacrement de votre mariage. Mais peut-être votre corps a-t-il quelque accès secret qui ne tombe pas sous ce verdict, oublié ou négligé par l'amour de Monsieur le Président. Croyez-vous réellement que tant de beauté n'ait pour fin que la reproduction et ne puisse offrir que la sempiternelle cavité de devant. N'est-ce pas un blasphème que de réserver cette bouche au va-et-vient du souffle, à l'absorption routinière de la nourriture, et la cavité dorée de ce merveilleux derrière à la triste tâche d'évacuer les excréments. Cette langue n'est-elle là que pour mouvoir des syllabes et de la matière morte. Quel gaspillage. Et quelle avarice en même temps. Vices jumeaux. Oui, vous offensez Dieu, Madame, en remettant l'usure de vos dons à l'action du temps, et à la délicate faune du cimetière. N'est-ce pas pour le moins péché mortel que de nous refuser à accomplir ce qu'il nous est donné de penser. D'étouffer dans l'œuf les produits de nos bienheureux cerveaux. L'instrument qu'est notre corps ne nous est-il pas prêté pour que nous en jouions jusqu'à ce que le silence en fasse sauter les cordes. La pensée qui ne se fait pas action empoisonne l'âme. Vivre avec le péché mortel d'avoir choisi et de réprouver tout le reste. Mourir partiellement inutilisé. C'est le salut de votre âme immortelle qui me tient à cœur, Madame, chaque fois qu'il est porté atteinte à votre corps hélas périssable. Vous en prendrez congé plus facilement quand il aura été utilisé de part en part. Le ciel est avare de matière, et l'enfer est exact, il punit la paresse et l'abstention, son supplice éternel s'attache aux parties qui furent négligées. La plus grande chute est celle qu'on fait du haut de l'innocence.

Entrée de Valmont.

VALMONT : J'y songerai, mon cher Valmont. Je suis touchée de vous voir aussi préoccupé du salut de mon âme. Je ne manquerai pas de faire savoir à mon mari que le ciel l'a désigné pour avoir l'usufruit de tous mes orifices. Non sans mentionner la source désintéressée d'où m'est venue cette révélation. Je vois que vous partagez ma joie à l'idée de ces voyages de reconnaissance dans le lit conjugal. Vous êtes un saint, Valmont. Ou me serais-je abusée sur votre compte ? Me jouez-vous un jeu ? Que cache cette grimace. Un masque ou un visage. En mon cœur germe l'horrible soupçon que vous couvrez du manteau de la crainte de Dieu une passion très terrestre. Craignez, Valmont, le courroux d'une épouse offensée.

MERTEUIL : Craindre. Qu'aurais-je à craindre de votre courroux, sinon le rétablissement de ma vertu ébranlée. Craindre. Que serait la conversion du pécheur sans le coup de poignard quotidien du désir, l'aiguillon du repentir, l'action bienfaisante du châtiment. Craindre. Je recherche votre courroux, Madame. Comme le désert la pluie, comme l'aveugle l'éclair qui fait exploser la nuit de ses yeux. Ne refusez pas à ma chair qui me désobéit à moi-même la punition de votre main. Chaque coup sera une caresse, chaque entaille de vos ongles un don du ciel, chaque morsure un mémorial.

VALMONT : Je ne suis pas une oie, Valmont, comme vous semblez le croire. Je ne vous ferai pas le plaisir d'être un instrument de votre jouissance dégénérée. Des larmes, mylord.

MERTEUIL : Comment non, ma reine. Quand vos paroles sont des poignards, vous me tuez. Répandez mon sang, si cela peut apaiser votre courroux. Mais ne raillez pas mes sentiments les meilleurs. Cette frivolité ne cadre pas avec votre belle âme.

Vous ne devriez pas copier un monstre comme la Merteuil. Vous êtes une mauvaise copie, tout à votre honneur. Pardonnez-moi si j'humecte votre main, vous seule pouvez contenir le flot de mes larmes. Laissez-moi sur votre sein — ah vous continuez à vous méfier de moi. Laissez-moi dissiper vos doutes. Mettez ma fermeté à l'épreuve. Dévoilez par exemple cette poitrine, dont la cuirasse du costume ne parvient de toute façon pas à dissimuler la beauté. Que je sois foudroyé, si j'ose seulement lever les yeux. Sans parler de ma main, qu'elle pourrisse si

VALMONT : Tombez, Valmont. Tombez, vous êtes foudroyé. Et retirez votre main, elle sent le pourri.

MERTEUIL : Vous êtes atroce.

VALMONT : Moi ?

MERTEUIL : D'ailleurs, je dois vous faire un aveu. Vous vous rendez coupable d'un homicide en défendant votre lit conjugal.

VALMONT : Ainsi, vous mourez pour une bonne cause, et nous nous reverrons à la face de Dieu.

MERTEUIL : Je ne suis pas versé dans la géographie du ciel. J'aurais peur de ne pas vous retrouver dans les champs des bienheureux, lesquels sont très peuplés, si l'on en croit l'Eglise. Mais je ne parle pas de moi : il s'agit du sang d'une vierge. La nièce du monstre, la petite Volanges. Elle me poursuit. Eglise, salon ou théâtre, du plus loin qu'elle m'aperçoit, elle dandine à l'assaut de ma chair faible son derrière virginal. Un réceptacle du mal, d'autant plus dangereux qu'il est bel et bien innocent, un tout rose instrument de l'enfer, une menace qui vient du néant. Ah le néant en moi. Il croît et m'engloutit. Il lui faut sa victime quotidienne. Un jour, la tentation fondra sur moi. Je serai le diable qui précipitera cette enfant dans la damnation, si vous ne me prêtez la main et, plus encore, si vous n'êtes pas l'ange qui me porte au-dessus de l'abîme sur les ailes de l'amour. Faites cela, faites ce sacrifice pour votre sœur sans défense, même si, par crainte de la flamme qui me consume, vous restez à mon égard le cœur froid. Finalement, votre enjeu est moins grand que celui d'une vierge. Faut-il vous dire ce que le ciel en pense. L'enfer vous sera trois fois reconnaissant, si vous persistez à refuser de partager votre lit. Votre froideur, Madame, précipite trois âmes dans le feu éternel, et qu'est-ce qu'un meurtre comparé au crime perpétré sur une âme.

VALMONT : Est-ce que je vous comprends bien, Vicomte. Etant donné que vous êtes incapable de mettre un frein à votre lubricité ou, comment disiez-vous, à ce néant qui croît en vous, et auquel il vous faut sacrifier quotidiennement, votre vide philosophique ne serait-il pas plutôt le besoin quotidien de votre très terrestre appareil génital ? et comme cette vierge-là n'a pas appris à se mouvoir avec décence, dans quel lupanar de couvent l'aura-t-on élevée, il faudrait que le bonheur de mon mariage

MERTEUIL : Ce n'est pas vous. Ce cœur froid n'est pas le vôtre. Vous sauvez ou vous damnez trois âmes immortelles, Madame, en mettant en jeu ou en refusant un corps, qui est de toute façon périssable. Revenez au meilleur de vous-même. La jouissance sera multiple : la fin justifie le moyen, l'aiguillon du sacrifice rendra plus parfait le bonheur de votre mariage.

VALMONT : Vous savez que je préférerais me tuer plutôt que

MERTEUIL : Et renoncer à la félicité. Je parle de celle qui est éternelle.

VALMONT : Cela suffit, Valmont.

MERTEUIL : Oui, cela suffit. Pardonnez l'effroyable épreuve à laquelle il a fallu que je vous soumette pour apprendre ce que je sais : Madame, vous êtes un ange, et mon prix n'est pas trop élevé.

VALMONT : Quel prix, mon ami.

MERTEUIL : Le renoncement à vie au piment de la volupté qui a rempli mon autre vie, ah qu'elle est loin derrière moi, faute d'un objet qui fût digne de mon adoration. Laissez-moi à vos pieds

VALMONT : Le diable a bien des déguisements. Un nouveau masque, Valmont ?

MERTEUIL : Voyez la preuve de ma vérité. En quoi serais-je dangereux pour vous, avec quoi forcerais-je la crypte de votre vertu. Le diable n'a plus de part en moi, la jouissance terrestre plus d'arme. LA MER S'ÉTEND DÉSERTE ET VIDE. Si vous n'en croyez pas vos yeux, persuadez-vous avec votre douce main. Posez votre main, Madame, sur cet espace vide entre mes cuisses. Ne craignez rien, je suis tout âme. Votre main, Madame.

VALMONT : Vous êtes un saint, Valmont. Je vous permets de me baiser les pieds.

MERTEUIL : Vous me rendez heureux, Madame. Et

me rejetez dans mon abîme. Ce soir à l'opéra, je serai de nouveau exposé aux charmes de cette fameuse vierge que le diable a recrutée contre moi. Devrais-je l'éviter. La vertu se fait paresseuse quand elle n'a plus à s'acharner contre les épines de la tentation. Ne me mépriseriez-vous pas si je me dérobais au danger. IL FAUT QUE L'HOMME S'ÉLANCE AU DEVANT DE LA VIE HOSTILE. Tout art réclame que l'on s'exerce. Ne m'envoyez pas sans arme à la bataille. Trois âmes se retrouvent dans le feu, si cette mienne chair à peine domptée se remet à bourgeonner devant la jeune pousse. La proie n'est pas sans pouvoir sur le chasseur, les effrois de l'opéra ont leur douceur. Laissez-moi mesurer ma faible force à votre beauté nue, ma reine, protégé par les barrières du mariage, pour que votre sainte image m'accompagne quand je m'avancerai dans l'arène obscure, prisonnier de ma chair faible, face aux pointes d'acier d'une poitrine juvénile.

VALMONT : Je me demande si vous résisterez à cette poitrine, Vicomte. Je vous vois chanceler. Nous serions-nous mépris sur votre degré de sainteté. Soutiendrez-vous cette épreuve plus difficile. La voici. Je suis une femme, Valmont. Etes-vous capable de regarder une femme sans être un homme.

MERTEUIL : J'en suis capable, lady. Comme vous voyez, pas un de mes muscles ne bouge à votre proposition, pas un de mes nerfs ne tremble. Je vous dédaigne d'un cœur léger, partagez ma joie. Des larmes. Vous avez lieu de pleurer, ma reine. Des larmes de joie, je le sais. Vous avez lieu d'être fière d'avoir été dédaignée de la sorte. Je vois que vous m'avez compris. Couvrez-vous, ma chère. Un impudique courant d'air pourrait vous effleurer, froid comme la main d'un mari.

Un temps.

VALMONT : Je crois que je pourrais m'habituer à être une femme, Marquise.

MERTEUIL : Je voudrais le pouvoir.

Un temps.

VALMONT : Alors quoi. Continuons à jouer.

MERTEUIL : Jouer, nous ? Quoi, continuons ?

VALMONT : Vierge vénérée, belle enfant, charmante nièce. Ah la vue de votre innocence me fait oublier mon sexe et me transforme en votre tante, qui vous a si chaudement recommandée à moi. Quelle pensée édifiante. Je vais m'ennuyer à mort sous sa triste figure. Je connais toutes les taches de son âme. Sans parler du reste. Mais cette fatalité entre mes jambes, priez avec moi qu'elle ne s'insurge contre ma vertu et ne fonde sur vous, et fermez l'abîme de vos yeux avant qu'il nous engloutisse, cette fatalité me ferait presque désirer l'échange. Oui, je voudrais pouvoir l'échanger, mon sexe, ici à l'ombre du danger, et me perdre tout entier à votre beauté. Perdition qui ne peut être contre-balancée que par la destruction du tableau, dans ce vertige voluptueux auquel il invite si violemment. Seule la jouissance peut enlever à l'amour son bandeau et lui faire voir à travers le voile de la peau la nudité de la chair, nourriture indifférente des tombeaux. Dieu doit l'avoir voulu, non. Sinon, pourquoi l'arme du visage. Qui crée veut la destruction. Et l'âme ne peut pas s'échapper avant que la chair ait pourri. Mieux vaut vous en débarrasser tout de suite. Si seulement vous étiez laide. Seule garantie contre le péché de la chair, se libérer à temps des attributs de la beauté. Mais cela ne suffit pas, tout ou rien, il ne peut rien arriver à un squelette, si ce n'est que le vent joue avec ses os par delà le péché. Oublions ce qui se dresse entre nous, avant que cela nous lie le temps d'un spasme, suis-je bon, Marquise, nous sommes tous à nous débattre au bout du cordon ombilical, et permettez-moi de vous prêter ma protection virile, le bras d'un père contre la méchanceté du monde que le calme du couvent vous a laissé ignorer. Je connais, croyez-moi, mon sombre sexe, et quand je pense que n'importe quelle brute, novice épais, valet lubrique, pourrait rompre ce sceau grâce auquel la nature garde le secret de vos entrailles virginales, cela me fend le cœur. Plutôt pécher moi-même que de souffrir cette injustice qui crie vengeance.

MERTEUIL : Ah elle crie. Que cherche votre main paternelle, Monsieur, sur ces parties de mon corps que la mère supérieure m'a interdit de toucher.

VALMONT : Quoi, paternelle. Laissez-moi être votre prêtre, car qui est plus paternel que le prêtre qui ouvre à tous les enfants de Dieu la porte du paradis. La clef est en ma main, le poteau indicateur, l'instrument céleste, le glaive flamboyant. Hâtons-nous : avant que la nièce devienne la tante, il faut que la leçon soit apprise. A genoux, pécheresse.

Je sais les rêves qui traversent votre sommeil. Repentez-vous, et je transformerai votre châtiment en grâce. Ne craignez pas pour votre innocence. Il y a plusieurs demeures dans la maison de Dieu. Il vous suffit d'ouvrir ces lèvres étonnantes pour qu'aussitôt s'envole la colombe du Seigneur et qu'elle répande le Saint-Esprit. Elle en tremble d'impatience, vous voyez. Qu'est-ce que la vie sans la mort quotidienne. Vous parlez comme un ange. L'école du couvent. Le langage de la mère supérieure. Les dons de Dieu, il ne faut pas que l'homme les vomisse. A celui qui donne, il sera donné. Ce qui tombe, il faut le relever. Le Christ ne serait pas arrivé à Golgotha sans le juste qui l'aida à porter la croix. Votre main, Madame. C'est la résurrection. Innocence, disiez-vous. Ce que vous appelez votre innocence est un blasphème. Il n'aime qu'UNE vierge, le monde n'a besoin que d'un rédempteur. Croyez-vous que ce corps doué vous ait été accordé pour aller seule à l'école, et pour le soustraire aux yeux du monde. IL N'EST PAS BON QUE L'HOMME SOIT SEUL. Si vous voulez savoir où Dieu demeure, fiez-vous aux contractions de vos cuisses, au tremblement de vos genoux. Une petite peau devrait-elle nous empêcher de ne faire qu'un seul corps. BRÈVE EST LA DOULEUR, ÉTERNELLE EST LA JOIE. Qui apporte la lumière ne doit pas craindre les ténèbres : le paradis a trois entrées. Qui exclut la troisième fait offense à l'architecte trinitaire. IL Y A ASSEZ DE PLACE DANS LA MOINDRE CHAUMIÈRE.

MERTEUIL : Vous êtes plein d'attentions, Monsieur.

Je vous suis obligée de m'avoir montré, d'avoir su me montrer de si pénétrante façon où Dieu demeure. Je vais prendre note de toutes ses demeures, je veillerai à ce que le flot des visiteurs soit ininterrompu, et à ce que ses invités s'y sentent bien, aussi longtemps que j'aurai assez de souffle pour les recevoir.

VALMONT : Pourquoi pas un peu plus longtemps. Le souffle ne devrait pas être la condition de l'hospitalité, ni la mort un motif de divorce. Tel ou tel invité pourrait avoir des besoins particuliers, L'AMOUR EST AUSSI FORT QUE LA MORT. Et laissez-moi faire autre chose encore, Mademoiselle, que je puis appeler Madame, à présent. La femme n'a finalement qu'un seul amant. J'entends le bruit de la bataille que le tic tac des horloges du monde livre à votre beauté sans défense. Quand je pense qu'il faudra voir ce corps sublime se plisser au fil des années, cette bouche se dessécher, ces seins se flétrir, ces flancs se ratatiner sous la charrue du temps, cela me perce le cœur si profondément que je veux, en outre, prendre le rôle du médecin et vous aider à naître à la vie éternelle. Je veux être l'accoucheur de la mort, qui est notre avenir à tous. Je veux joindre mes mains aimantes autour de votre gorge. Comment sinon prier pour votre jeunesse avec quelque chance de succès. Je veux libérer votre sang de la prison des veines, les entrailles de la contrainte du corps, les os de l'étau de la chair. Comment sinon saisir de mes mains, et voir de mes yeux, ce que l'enveloppe éphémère soustrait à mon regard et à ma prise. L'ange qui demeure en vous, je veux le renvoyer dans la solitude des étoiles.

MERTEUIL : Anéantissement de la nièce.

Un temps.

MERTEUIL : Et si nous nous entredévorions, Valmont, pour en finir avant que vous soyez tout à fait infect.

VALMONT : Je suis au regret de devoir vous dire que j'ai déjà consommé, Marquise. La Présidente est tombée.

MERTEUIL : L'épouse éternelle.

VALMONT : Madame de Tourvel.

MERTEUIL : Vous êtes une putain, Valmont.

VALMONT : J'attends ma punition, ma reine.

MERTEUIL : Mon amour pour la putain n'a-t-il pas mérité un châtiment.

VALMONT : Je suis une ordure. Je veux manger vos excréments.

MERTEUIL : Ordure pour ordure. Je veux que vous me crachiez dessus.

VALMONT : Je veux que vous lâchiez votre eau sur moi.

MERTEUIL : Vos excréments.

VALMONT : Prions, Mylady, que l'enfer ne nous sépare pas.

MERTEUIL : Et maintenant, Valmont, nous allons laisser la Présidente mourir de sa faute inutile. Passons au sacrifice de la dame.

VALMONT : Je me suis mise à vos pieds, Valmont, pour que vous ne trébuchiez plus. Vous m'avez baptisée du parfum du caniveau. Du ciel de mon mariage, je me suis précipitée dans l'abîme de vos désirs, pour le salut de cette vierge. Je vous ai dit que je me donnerais la mort si, cette fois encore, vous ne résistiez pas au mal qui émane de vous. Je vous ai prévenu, Valmont. La seule chose que je puisse encore faire pour vous, c'est de vous inclure dans ma dernière prière. Vous êtes mon assassin, Valmont.

MERTEUIL : Le suis-je. Trop d'honneur, Madame. Ce n'est pas moi qui ai édicté les commandements, au nom desquels vous voulez vous exécuter. N'avez-vous donc tiré de votre pieux adultère aucun autre surcroît de jouissance que le délicat remords dont vous vous délectez maintenant. Vous n'êtes pas trop froide pour l'enfer, si j'ose en juger par nos ébats. Une chair de moins de quarante ans ne sait pas mentir à ce point. Et ce que la plèbe appelle suicide n'est que le couronnement de la masturbation. Vous permettez, je prends mon lorgnon pour mieux voir le spectacle, votre dernier, ma reine, avec crainte et pitié. J'ai fait installer des miroirs pour que vous puissiez mourir au pluriel. Et faites-moi la joie de recevoir de mes mains ce verre de vin, votre dernier

VALMONT : J'espère contribuer à votre divertissement, Valmont, avec ce spectacle, mon dernier, bien qu'ayant ouvert les yeux trop tard sur le bourbier de votre âme je ne puisse pas compter sur un effet moral. HOW TO GET RID OF THIS MOST WICKED BODY. Je vais m'ouvrir les veines, comme si j'ouvrais un livre qui n'a pas été lu. Vous apprendrez à le lire, Valmont, quand je ne serai plus. Je vais faire cela avec une paire de ciseaux, parce que je suis une femme. A chaque métier son humour. Vous allez pouvoir renouveler le maquillage de votre sale tête avec mon sang. Je vais chercher à travers ma chair le chemin qui mène à mon cœur. Que vous n'avez pas trouvé, Valmont, parce que vous êtes un homme, parce que votre poitrine est vide et qu'en vous ne croît que le néant. Votre corps est le corps de votre mort, Valmont. Une femme a de multiples corps. Vous, si vous voulez voir du sang, il faut vous le tirer à vous-même. Ou les uns aux autres. Vous êtes jaloux du lait de nos seins, et cela fait de vous des bouchers. Si seulement vous pouviez enfanter. Je regrette, Valmont, qu'en raison d'un décret de la nature difficile à saisir, cette expérience doive vous rester inaccessible, ce jardin, défendu. Vous donneriez la meilleure part de vous-même si vous saviez ce qui vous échappe, et si la nature entendait raison. Je vous ai aimé, Valmont. Mais je vais enfoncer une aiguille dans mes parties honteuses avant de me tuer, pour m'en aller avec l'assurance que rien ne croît en moi de ce que vous y avez planté, Valmont. Vous êtes un monstre, et je veux en devenir un. Verte et gonflée de venin, je traverserai votre sommeil. Je danserai pour vous, au bout d'une corde. Mon visage sera un masque bleu. La langue pend. La tête dans la cuisinière à gaz, je saurai que vous êtes derrière moi avec en tête une seule pensée, comment pénétrer en moi, et moi je le voudrai, au moment où le gaz me fera exploser les poumons. C'est bon d'être une femme, Valmont, et non un vainqueur. Quand je ferme les yeux, je suis capable de vous voir pourrir. Je ne vous envie pas pour le cloaque qui croît en vous, Valmont. Voulez-vous en savoir plus. Je suis une encyclopédie à l'agonie, chaque mot est un caillot de sang. Vous n'avez pas besoin de me dire, Marquise, que le vin était empoisonné. Je voudrais pouvoir assister à votre mort comme j'assiste maintenant à la mienne. D'ailleurs, je me plais encore à moi-même. La masturbation continue avec les vers. J'espère que mon jeu ne vous a pas ennuyée. Ce serait à vrai dire impardonnable.

MERTEUIL : Mort d'une putain. A présent nous sommes seuls cancer mon amour.

TABLE DES MATIERES

CET OUVRAGE A ÉTÉ ACHEVÉ D'IMPRIMER LE TRENTE JANVIER DEUX MILLE DIX-NEUF DANS LES ATELIERS DE NORMANDIE ROTO IMPRESSION S.A.S. À LONRAI (61250) (FRANCE)
N° D'ÉDITEUR : 6374
N° D'IMPRIMEUR : 1805579

Dépôt légal : février 2019